문학 어울림 동인 시집

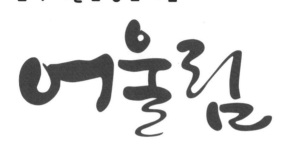

어울림

시음사
시사랑음악사랑

문학 어울림 동인 시집
"어울림"을 출간하면서

문학 어울림 동인지 시집 "어울림" 출간을 축하드립니다. 문학 어울림 밴드를 개설한 지 겨우 몇 개월 만에 대한민국의 명실상부한 문학 밴드로 자리매김하였습니다. 앞으로도 많은 개선과 노력이 있어야 하겠지만, 그래도 문학 어울림을 개설하여 문학인들의 어울림 한마당의 기틀을 다졌다고 나름대로 생각해 봅니다. 앞으로 문인 간의 소통하는 窓, 화합하는 어울림의 場이 되도록 노력하는 문학 어울림이 되도록 힘쓰겠습니다. 작으나마 대한민국 문학발전에 기여할 수 있는 문학 어울림이 되도록 부단히 노력하려 합니다.

요즘 SNS상에는 수많은 글이 넘쳐납니다. 많은 이들이 글과 詩의 차이점도 모른 채, 쏟아내는 글이 詩의 기본 요소도 갖추지 않은 채, 그리고 앞뒤 문맥도 맞지 않은 글이 詩로 둔갑하여 버젓이 나도는데도 누구 하나 나서서 바른말을 하기를 주저합니다. 아무런 감흥도 없는 글에 접대성으로 "좋아요"를 너나없이 뒤질세라 마구 눌러 대는 실정입니다. 대체로 기성문인들조차도 눈감고 은근슬쩍 즐기며 편승하는 기류에 마음이 착잡합니다. 현실적으로 누구 하나 나서서 지적하기도 쉽잖은 분위기라 것을 인정하지 않을 수 없습니다. 이러한 현실의 문제점을 조금이라도 해소하고자 문학 어울림을 통해 기성문인들과 문학의 길을 걷고자 하는 예비 문인들이 서로 문학을 공유하고 소통하는 공간이 문학 어울림입니다.

짧은 시간이었지만, 문학 어울림을 통해 많은 문인을 등단의 길로 안내하였습니다. 앞으로도 많은 예비 문인들이 문학 어울림을 통해 배출될 것입니다. 하지만 이러한 진정성 있는 노력을 일부 기성 문인 중에는 등단의 길로 안내하는 것을 폄하하는 문인들이 더러 있습니다. 등단이 무슨 특권층의 것인 양, 기성 문인들의 전유물인 양 호들갑을 떨어대곤 합니다. 글을 쓰고자 하는 예비 문인들을 이끌어주어야 할 책무도 문인이라면 당연히 있는데 말입니다. 문인이 글로 차린 밥상을 먹느냐 마느냐는 오롯이 독자의 몫입니다. 진정한 문인의 판가름은 독자가 하는 것이기 때문입니다.

이번에 문학 어울림 문우님들의 한결같은 요청으로 등단을 한, 기성 시인들을 대상으로 동인지 "어울림" 시집 원고를 공고한지 열흘 만에 51명의 문우님이 참여하여 신청을 조기에 마감할 정도로 적극적인 참여가 있었습니다. 앞으로도 동인 시집 "어울림" 2집, 3집 연이어 출간될 것입니다. 이번에 처음 출간되는 문학 어울림 동인지 "어울림" 동인 시집 참여 시인님께 감사드리며, 모든 문학 어울림 회원님들 이름으로 독자들께 바칩니다.

2017년 11월 10일
문학 어울림 회장 **주웅규**

목차

목차

목차

목차

목차

목차

주응규 회장

서시 / 번뇌(煩惱)

대한문학세계 시, 수필 부문 등단
한맥문학 시 부문 등단
(사)창작문학예술인협의회 이사
대한문인협회 사무처장
한국문인협회 회원
텃밭문학 사무국장
계간문학 중앙위원
문학 어울림 회장

〈수상〉
2011년 대한문학세계 올해의 시인상
2011년 시와 수상문학 시 부문 특별상
2012년 대한문인협회, 국회사무처,
    MBC문화방송 주관 전국시인대회 은상
2012년 한국문학정신
              독도 시 경연대회 우수상
2012년 창작문학예술인협의회
              한국문학예술인 대상
2013년 대한문인협회 주관
              한국문학최우수 작품상 수상
2014년 문학세대 전국문학창작 공모대회
              인천광역시장 상 수상
2015년 자유문학 전국문학창작 공모대회
              전라남도지사 상 수상
2015년 한국문학 베스트셀러 작가상
2016년 제4회 윤봉길 문학상 대상
〈저서〉
1시집 "人生은 詩가 되어 흐른다" 출간
2시집 "삶이 흐르는 여울목" 출간
3시집 "시간 위를 걷다" 출간
수필집 "햇살이 머무는 뜨락" 출간
기타공저: 현대 시를 대표하는
    〈명인명시 특선시인선2011~2017〉 외,
여러 문인협회, 문학회, 신문 등, 동인지 다수
〈가곡〉
한국작사가협회 회원
망양정 음반 출시 외, 가곡 20여곡 작시 발표

번뇌(煩惱)

주웅규

저물녘 앞산에 걸린
어스름이 내리는 강물에
한 많은 사연을 담아
밤안개에 설핏설핏 어려오는 얼굴은
창백한 낯빛을 짓는다

무슨 곡절(曲折)이 저리 많길래
설움을 강기슭에 들부수고
애처로운 눈물을 쏟는가

냉정한 세상인심에 뒤틀린
괴로운 심사(心思) 달랠 길 없노라 시며
강줄기를 매몰차게 휘돌아 흐른다

세상사 모든 근심 걱정을 홀로 짊어진
마음의 강줄기는 용솟음치며
무람없이 어깃장을 놓고는
야속하고 슬프도록 철렁철렁 요동친다.

무람없다: 예의를 지키지 않으며 삼가고 조심하는 것이 없다.

최상근 고문

초대 시 / 정류장2

대한문학세계 2005년
신인문학상 수상, 등단
전) 대한문인협회 심사위원,
대한창작문예대학 학장, 교수

시집 "꿈을 하늘에 매달아 놓았다"
(2009, 시음사)
"신촌로터리 시계탑의 미션" (2011, 한빛)

현) 대한문인협회, 한국문인협회 정회원
현) 문학 어울림 고문
현) 한국교육개발원 석좌연구위원
현) 서원대학교 객원교수

정류장 2

최상근

까만 얼굴, 하얀 머리
한 늙은 영감 정류장 벤치 위에 주저앉자마자
싸구려 담배 한 대 빼어 물고
모가지가 쪼그라들 정도로 쭈우욱 빨아대더니만
희뿌연 연기 거칠게 토해낸다.

어디까지 날아가나 알아볼려고 하는 것처럼……

어디가 고장 났나 뭔가 맘에 안드나
시꺼먼 연기, 잿빛 먼지 날리며
정류장을 한참 지나쳐서야
가까스로 멈추어 서는 낡은 버스에
그 늙은 영감은
뒤도 안 돌아보고 올라탄다.

왜! 자꾸만 떠나가는 걸까?

손경훈 고문

초대 시 / 거울에게

텃밭문학회 회장
텃밭 동인지 2,3,4,5,6,7,8,9호 공저
텃밭문학상 수상
한맥문학동인회 부회장
한국문인협회 회원
현)문학 어울림 고문

거울에게

손경훈

당신 가까이 가면 나를 잊습니다.
나를 아는 양 자기 교만에 빠졌지요
어찌 당신을 가슴에 인연으로 가두어 놓았는지
당신만 보았지요.

눈이 멀어 어두운 곳에선
내 얼굴 하나 제대로 만지질 못하는
팔 없는 병신이지요.

누구는 당신을 보며 교만에 빠지고
누구는 당신을 보며 세상을 원망합니다.
결국, 자기만의 왕국에서
자기 행복에 젖어 당신 안에서 살았어요.

나를 알기 위해서 당신을 봐야 하고
나를 알 수 있지만 두렵습니다!
진실을 감춘 외형만 보는 것이...

당신을 바라보다
창문을 잊을까 두렵습니다.
아니 무관심과 유아독존으로 갈까 두렵습니다.

어제를 버리고 오늘은 창밖을 보렵니다.
나를 벗어나 이웃을
더불어 친구 하나 사귀렵니다.

김인선 고문

초대 시 / 붓끝이 서다

문학세대 시 부문 신인상 (2010. 4)
문학세대 수필 부문 신인상 (2011.10)
제4회 문학세대 전국문학창작공모대회
                 경기도지사상 수상
인천 성지종합개발 이사
(사)자유문학세대예술인협회 부회장
현) 문학 어울림 고문

〈공저〉
자유 문학세대 '색깔론' 외 다수
          (2010.4~ 2014, 31호까지)
현대시선 '배란의 각',
       '나라는 미늘의 표적' 외 다수
       (2012.2013)
제8집 시몽시문학 '동백꽃' 외 6편 (2012.3)

붓끝이 서다

김인선

숨죽였던
고죽* 한 마디가 곧게 몸 펴자
이미 오래전 죽순의 행간부터
허기진 혼 위해 필력이 자라고 있었음을
그렇게 글을 써야 하는 이유
필연으로 정성껏 필관이 만들어지는 것
오늘 낙죽 새기는 날,
서로 다른 붓털이 꽁꽁 묶이는 날,
황모 한 올
우 이모 한 올
양모 한 올
상이한 털의 염색체가 고리 걸고
저마다 언어의 난자에 찍어대는 묵향
시선 가득한 붓끝 따라
산이 살아 출렁이며 흘러
숲이 펄떡이고
강이 살아 질긴 줄기를 뻗어
물의 기둥 세우고
세상이 시가 되는 첫울음
아, 태동
먹빛 황홀한

  * 苦竹

권금주

분꽃 앞에서 외 2편

〈문예춘추〉 계간〈스토리 문학〉
시 부분 등단
대한문인협회 순우리말 글짓기
장려상 수상(2014년)
고려대학교 평생교육원 시 창작 과정 수료
사)창작문학예술인협의회 회원
대한문인협회 정회원
대한문인협회 강원지회 회원
한국스토리문인협회 회원, 문학공원 동인
민주문학회 회원
문학 어울림 회원
첫 시집 〈소롯길에서 만난 사랑〉 출간

분꽃 앞에서

권금주

시들 거라는 걸 알지만
마르고 부서질 것을 예감하지만
내 안에 피어 물든 그대만은
지지 않을 것을 믿지요

살랑이는 저녁 바람에
작은 꽃잎 하늘하늘
사랑해라
사랑해라
노래를 부릅니다

추억을 들킨 것처럼
발그스레해진 두 볼엔 꽃물이 듭니다

발길을 멈추게 한
길가 작은 화단
방실방실 웃는 분꽃 앞에서

가뭄을 모르는 그대 생각에
서성이다 서성이다가
떨어지지 않는 걸음을 뗍니다.

봄물(春水) 같은 사랑

풀향기 불어오는 봄밤
저려오는 사람 하나 있어
창문 열고 어둠을 봅니다

무성한 이파리에 밤이 물들 때
별 무리 기대어 어둠 재우며
애살포오시 물들이고 싶었던 사랑

익숙한 목소리 그리워
먼 그대 창가를 그리다
쏟아지는 별 무리 가슴을 태웁니다

촉촉이 젖어오는 눈가
어둑새벽이면 고이고 고여서
봄물처럼 그대 곁으로 흐르겠지요.

별 밤 속삭임

권금주

떠나신 줄 알았어요
먼저 다가갈 수 없어
마냥 오시기만 고대했지요

타들어 가는 가슴
갈증을 채워도 허했던 건
그대 빈 자리. 느껴졌어요

새벽 창가를 적시는 비
다시 와준 그대가 고마워
반기는 별님의 눈물일 거예요

그대 떠난 날부터 별 밤
별만 세었어요. 꼬박 새워
이젠 내 옆에 있어 줄래요

오밀조밀 마음 나누지 못했어도
잠긴 마음. 잠근 마음 열고
우리 서로 바라볼 수는 있잖아요

별 밤 떠났다
다시 별 밤
별을 안고 오신 그대여.

김도영

물비늘 외 2편

대한문학세계 시 부문 등단
(사)창작문학예술인협의회 회원
대한문인협회 회원
(현) ㈜시누스 대표이사
(현) 한양사이버대학교 'ICT와 창업' 강의
문학 어울림 회원

물비늘

김도영

벗겨도 벗겨도 벗겨지지 않네
가만히 있지도 않아 벗기기도 힘들다네
지우고 또 지워도 지워지지 않는
마음의 상념처럼 너도 그리 힘들던가

시시각각 변화무쌍함은 누구를 닮았는가
속절없는 내 마음같이 너도 그리 변하는가
석양에 부끄러워하는 너는
누구의 각시인가

때로는 너무 화를 내 다 쓸어버리는 무서운 너
언제 그랬냐는 듯이 잔잔한 네 모습
예측이 어려운 난수표임을

오늘도 내일도
너의 물비늘은 생겨나겠지
그 속에 수많은 사연이 심어지겠지.

절벽에 핀 꽃 한 송이

김도영

달리고 달려 다다른 곳
한 걸음 더 갈 수 없는 끝에 왔다.
이 길이 꽃길인 줄 알고 달려왔는데
기다리는 건 절벽

내려다보니 아득한 낭떠러지
그 가운데 한 송이 꽃이 피어있다.
친구도 없고 나비도 못 오는 곳에
홀로 향을 뿜으며 세찬 비바람 맞으며
활짝 피어있다.

기러기 한 무리 지친 여행길 환송해주나
한 송이 꽃, 꽃길보다 더 큰 기쁨을 준다.
척박한 여기서 아름다움 드러내어
존재감을 과시하는 너
어딘들 어쩌하리
너의 모습 눈에 담고 돌아가련다.
그리고 다시 달리련다. 꿈을 향해서!
달리자꾸나. 꿈을 향해서!

글이 끊어질 때

김도영

별들이 지켜보는 고요한 시간
비문에 새겨지는 글자들
마지막 남기고 가는 몇 글자 속에
지난 인생의 발걸음을 되돌아본다.

어디로 가려고 했었는가
어디로 갔는가
무엇을 하고 싶었는가
무엇을 했는가

돌아보니 가기는 갔었는데 하기는 했었는데
간 곳이 없고 한 것이 없네
한 가지 있다면
그에게 깊은 마음을 주었다는 것
이것 하나는 한 것 같다.

무엇을 새길 것인가
새기려는 의미는 무엇이고
무엇을 바라는 것인가
이 몇 글자가 지난 세월을 말해주는 한 줄이 되는가

이 글이 다하면 끊어지겠지
또 다른 비문은 어디선가 새겨지겠지.

김선목

가을 그네 외 2편

경기도 화성 출생 / 호는 海山
2015년 대한문학세계
　　　　　시 부문 등단
(사)창작문학예술인협의회 회원
대한문인협회 회원
대한문인협회 경기지회 지회장
문학 어울림 회원

〈수상〉
2015년 순우리말 글짓기 전국 공모전 은상
2015년 한국 문학 발전상 수상
2016년 현대 시를 대표하는
　　　　　　"명인명시 특선시인선"선정
2016년 한 줄 시 짓기 전국 공모전 금상
2016년 순우리말 글짓기 전국 공모전 금상
2016년 한국문화 예술인 금상
2017년 현대 시를 대표하는
　　　　　　"명인명시 특선시인선"선정
2017년 대한창작문예대학 경연대회 은상
2017년 한 줄 시 짓기 전국 공모전 은상
대한창작문예대학 제7기 졸업
문예창작 지도자 자격 취득
〈공저〉
현대 시를 대표하는
　　　　　　〈명인명시 특선시인선-2016〉
문학이 흐르는 여울목 〈움터〉
경기지회 동인지 창간호 〈햇살 드는 창〉
현대 시를 대표하는
　　　　　　〈명인명시 특선시인선-2017〉
제7기 대한창작문예대학 졸업 작품집
〈가곡 작시〉
1. 동행
2. 그리운 어머니
3. 그대가 있어 행복 합니다.

가을 그네

김선목

푸름에 찰싹 달라붙어
나뭇잎 사이로 신음하던
매미의 여름 사냥은 인제 그만
청춘의 덫에 걸린 듯
애끓는 몸짓으로 울다가 간다.

매미의 일생을 따라서
무더운 계절이 떠나가는 꼬리를 잡고
시원섭섭한 이 밤
선선한 바람결에
귀뚜라미는 애걸복걸 성화다.

간사한 마음은 어느새 춥다며
이불을 끌어안고
빈 보일러 돌아가는 소리에 뒤척이면
옆구리는 시린데
무심한 달빛은 곱기도 하다

정다이 창문을 넘어오는
지난가을의 노래가 또다시 찾아와
밤마다 귀를 간질이듯이
아, 오시려나
지난날 그리움이 아른거린다.

아련한 그리움

김선목

흰 눈이 내려 쌓인 산길에
길 잃은 발자국 하나가
하얀 꿈을 남기고
언덕배기 양지쪽으로 사라졌다.

양지바른 언덕 아래로
시냇물이 잠 깨어 졸졸 흐르고
툭툭 깨지는 언 가슴 사이로
봄의 소리가 들려온다.

눈꽃 그리워 찾아온 봄은
흥겹게 버들피리 불면서
시냇가 굽이도는 들길을 따라
붉은 꽃망울을 활짝 터트린다.

겨울은 봄 속으로
솜사탕처럼 사르르 녹고
하얀 꿈의 발자국은
푸른 꿈 찾아 모래톱을 걸어갔다.

이런 사람이 좋다

김선목

밤하늘 허공 속에서 마주치는
눈빛과 달빛의 만남이
말없이 허물없이 빛나듯
이심전심 눈빛으로 통하는
그런 사람이면 좋겠다.

보고픈 마음에 살며시 고개 들면
살포시 떠오르는 얼굴들
웃음 지며 반겨주는
그런 사람이면 좋겠다.

그리운 마음에 살며시 바라보는
달을 품어준 호수의 포옹
그 깊고 넓은 감동이 흐르는
그런 사람이면 좋겠다.

달 기우는 그믐날에도
달 차오르는 보름날에도
마냥 웃는 정겨운 얼굴로
맑은 가슴 내어 주는 호수 같은
그런 사람이면 좋겠다.

김 세 홍

블랙홀 외 2편

1960년 전남 광양 출생
경기도 수원 거주
공무원
대한문학세계 시 부문 등단
시와 늪 작가상 수상
한국문인협회 수원문인협회 회원
시와 늪 문인협회 이사
시와 늪 1차 심사위원
이든 문학회 부회장
문학 어울림 회원

블랙홀

너에게 갈려면 사과 구멍을 통과해야 해
지구별을 떠나 너의 별로 갈려면
중력 11.2㎞보다 더 빨리 달려야 해
모든 사과는 땅으로 떨어지지
사과는 은하별로 가고 싶지 않았을까
광속 30만㎞보다 더 큰 용기가 없었는지도 모르지
사과는 붉게 익어야 한다는
사회적 체면이나 인습의 중력에 매여
짧은 生의 유한한 시간을 허비한다는 것은
벌레가 사과를 갉아 먹는 안타까운 일이지
달팽이가 바오바브나무를 기어올라 달까지 가겠다는 것은
달팽이의 지구 탈출속도라기보다
의지 아닐까
지구에서 공룡이 사라진 것처럼
인류도 사라지고
언젠가 먼 훗날 지구별도 生이 다하면 초신성으로 폭발하겠지
블랙홀은 시공간의 무서운 구멍이 아니지
낡은 의식의 세계를 빨아들여
화이트홀로 새롭게 탄생시켜주는 것이지.

사랑

김세홍

이 세상
어디에 있어도
몸을 떨면서

N극과 S극을 가리키는 나침반처럼
내 마음은
오직 너에게로 만 향한다

고요가 고요를 찾아가듯
네가 없는 곳엔 나도 없다.

느티나무

고향 마을 어귀 450년 된 느티나무를 보면
아이고 형님하고 절을 하고 싶다

우리 할머니 시집갈 때
저 느티나무 밑으로 가마 타고 가시더니
저승길 가실 때는 꽃상여 타고 떠났고
아버지 북망산 묻으러 갈 때
바람 소리로 묵묵히 지켜보던 말 없는 느티나무

성근 머리 노인의 초라한 모습
고향을 찾아가면 옛사람은 자취 없고
매미 우는 느티나무 그늘에 들면
그래도 인정인 양 반갑고 눈물겹다.

김옥빈

갈 바람은 다시 오는데 외 2편

경남 창원 거주
대한문학세계 시 부문 등단
(사)창작문학예술인협의회 회원
대한문인협회 회원
문학 어울림 회원

갈 바람은 다시 오는데

김옥빈

푸른 하늘 하얀 꽃
뭉게뭉게 피어올라
그대 고독한 마음 훔쳐가고 싶다
쓸쓸한 가을 심상
타는 가슴 외로움을
너는 내 마음 알리라

강산에 풍경 볼 때마다
푸른 잎 채색되고
밤송이 벌어질 때
마음도 벌어진다

울긋불긋 단풍잎
셋 노오란 은행잎 속에
풀 벌레 연주가
귀청 속에 잠들고

너울진 가을 석양빛
실바람 타고 살랑살랑
예쁘게 단장한 나뭇잎
손 흔들며 마중할 때
그대 가슴에 안기고 싶어
묻은 가슴 설렌다.

보금자리에 비밀

김옥빈

포태에서 잉태 중년 말
지식 경륜 쌓았어도 한평생
세상사 읽지 못한 숙제 인생

저리 산들 어떻고
이리 살면 어떠하리
삶에 무게 한탄하네

양택 음양 조화로 개성 따라 행복이요
훌륭한 조화 저택도
천성에 부합하는 자연의 운명이라

재물 소득 복된 터도
타인은 상극이라 가세가 기울어
허망함을 얻게 된다

평생 보금자리는 그 지역에
좌택 방향 구조로 이뤄져야
빛난 보금자리요
부귀영화를 누릴 수 있는
그 지혜를 읽으리라.

자연의 섭리

김옥빈

기운 따라 근본인 성질
먹구름 뢰성에 땅도 마음도 놀란다

쾌활하면 보슬보슬
불편하면 투덕투덕

기포 머금고 흐르는
비바람 낙수 음성은
담아두면 슬픈 소리요
마음 따라 즐거운 노래일 것이다

대 우주의 무지한 힘
자연의 음양으로
생존경쟁 공존적대
상생상극 인연으로
불합리는 슬픈 이별
자연의 신비한 힘
그 빛은 왜 운명으로 올까
상생하는 고운사람 행복하여라

김 인 선

경계를 잊다 외 2편

문학세대 시 부문 신인상 (2010. 4)
문학세대 수필 부문 신인상 (2011.10)
제4회 문학세대 전국문학창작공모대회
                    경기도지사상 수상
인천 성지종합개발 이사
(사)자유문학세대예술인협회 부회장
현) 문학 어울림 고문

〈공저〉
자유 문학세대 '색깔론' 외 다수
            (2010.4~ 2014, 31호까지)
현대시선 '배란의 각',
        '나라는 미늘의 표적' 외 다수
        (2012.2013)
제8집 시몽시문학 '동백꽃' 외 6편 (2012.3)

경계를 잊다

달이 흘러가는지
하늘이 흘러가는지
나룻배가 흘러가는지 호수가 흘러가는지
호수에 잠겼나
하늘에 잠겼나
속절없는 그림자를 흔드는 물 안개
이승과 저승
지평선마저 사라진 희미한 세월
새야, 어디로 날갯짓을 할 거나
이 몸, 어디로 노 저으랴
너 날아갈 곳
내 갈 곳
숲이 멀어
산이 멀어
영영 보이지 않아
마른 가지 쥐고
젖은 삿대 쥐고
달빛
물빛
고운 오늘 밤
그저
꿈 자락이나 펼칠까

45

낙엽

김인선

떨어진다는 것

그것은 구속을 벗어나려는 행위

무언가와 접속하고 싶은 것

나를 알리고 싶은 것이 아니라

나를 통째로 주고 싶은 것

베이먼*이 창가에 매달아 놓은 잎새,

그 가식이 싫은 것

자유를 애절하게 구걸하느니

죽음을 택하는 것

무감각한 시선에 견딜 수 없다는 압박

아무렇게나 길바닥에 혼을 던지고 싶은 것

내가 바라는 게 없음에 행하는 마지막 해법

벌거벗은 채 쏟아버리는

밟히고 밟혀 뼈가 부서진다 해도

쾌락 없던 배설의 트라우마 잊고

미쳐버리는

또 다른 성욕 같은 것

---

* O. Henry의 단편
'The Last Leaf'에 등장하는 무명 화가

애인

김인선

구름 물러난 창밖 저수지
검푸르던 낯 빛이 하늘을 끌어안자
뜨거운 빛의 입자가 두드리는 수막 위
툭툭 터지는 맑은 숨비소리
푸르러지는
푸르러지는 창공에 퍼지며
허공 박차고 오르는 물의 꼬리들
수초가 일렁이고
환한 파장 번지는
강한 표면장력에 갇혀
일상을 맴돌던 본능이 살아나
급격히 팽창하는 물의 분자
고리와 고리의 공유결합
굽어진 각의 중심이 터뜨리는
동심원에서 소리 없는 진동이
아 물결, 쾌락의 물결 일고
흡입하는 풍경마다 환희 솟아
하얀 접시 한 덩이 스테이크
칼질에 신음 지르는 붉은 핏물
오늘따라 한층 선명하고

김 재 덕

해오라기 꽃 외 2편

부산 거주
대한문학세계 시 부문 등단
(사)창작문학예술인협의회 회원
대한문인협회 회원
문학 어울림 운영위원

해오라기 꽃

김재덕

한 맺힌 사랑
애달픈 그리움은
꿈길 천사로 깃든다

황홀한 자태 저편에
서글픈 사랑 숨기듯
어깨춤 가련하다

영원 없는 삶의 언저리
얼마나 많은 피눈물 흘렸기에
순백의 영혼 깃들었나

볕뉘 머금은 청초의 꿈
하늘 향한 몸짓은
가련한 영혼의 떨림

아픈 사랑에 삭정이 될지라도
때가 되면 잊힐 것을
서러워 말자

널 바라며
울컥거리는 이 청춘도 있으니

시나브로

꼴망태 걸머진 맹꽁징꽁 콧노래
짓궂은 아띠 불러 모아

익어가는 알곡 서리 모닥불에 거슬린
손바닥 비벼 가득 물면

고소한 보리 내음
분칠한 동무 얼굴의
싱그런 웃음소리 골짝 가득 울린다

호드기 꺾어 불며 변죽을 울릴 적에
밭이랑 노을 내려 보릿대 익어가면

네 찾는 종종걸음
하늘 긋는 유성 따라
산 그림자 밟는다

쥐코밥상 삼대 불러
엄마의 목소리 고샅을 울릴 때

짝짜꿍이 옆집 동무
줄 통 뽑는 소리 지청구에 묻혀든다

밤하늘 별 바라기
베갯머리 스며드는

참선에 들다

김재덕

세 치 혀에 상처 입는 억울함
멍든 가슴 안은 인생

검은 그림자 야박한 비열은
때 묻은 영혼의 아픔
호연지기 물어 평온 찾는 중생

맑은 계곡물에
더럽혀진 눈과 귀를 씻어
청아한 소리 마음에 담고

밤하늘 그으며 떨어지는
별똥별 술잔에 담아
사랑과 인생 가슴으로 마신다

살랑이는 바람
온몸을 스치는 흐뭇한 미소에
아픈 상처 보듬어 안은
혜안의 맑은 정신이 감돌고

서럽고 아픈 사연 소낙비 마주하듯
후련하게 씻어 내린 청정한 자리에
영롱한 꽃송이 피어난다.

김재진

가을 전령 외 2편

대전 거주
대한문학세계 시 부문 등단
(사)창작문학예술인협의회 회원
대한문인협회 회원
문학 어울림 운영위원

가을 전령

김재진

파란 하늘에 잿빛 고래가 나타났다
빗줄기 사다리 타고 올라왔구나
시원하더냐 나도 시원하다

폭염에 땀 서너 말 짰더니
매미가 다 울더라

고추잠자리
가을 구경 가자 하는데
한숨 자다
견우직녀 해후나 보련다.

애상

김재진

가을이 오면 만나야 할
사람이 있습니다

봄에 두고 온 아련한 사람
도다리 파닥이는
서해의 지평선 붉은 노을과
멸치 떼 치오르는
남해의 수평선 해 오름을

설렘의 연정으로 곰 담은 사람
저만치 폭염의 광활한 열대 숲을
등이진 허욕의 멍울 삭여
가쁜 숨 버리라
함께 걸을 수는 없었습니다

이만치 가을은 다가오는데
가슴은 콩닥콩닥 떨림이거늘
초로 한 시야는 흐트러져
갈 바람 억새 연정인가

어찌할 바 모르겠네요.

평행선

한반도 비무장 지대 녹슨 두 줄기
평행선 철길이 보입니다

백수 갓 넘긴 노철학자
서너 걸음 뒤로하고
젊은 제자가 따라갑니다

사부님 저 멀리 철로가
만나는 듯 보입니다
너도 제법 바랑이 늘었구나

해와 달이 평행선이고
남과 여가 평행선이고
산골짜기 물줄기가 평행선이란다

다름이 하나 되는 것
하나처럼 보이는 것
그것이 평행선이란다

평행선 이란 한마디로 무엇입니까

평행선은 사랑이 흐르는 것이지
다만 다름을 인정하고 배려하고
눈에 읽혀 자연스러운 것이다.

김진희

끝나지 않는 사랑 외 2편

인천 거주
2017 대한문학세계 시 부문 등단
(사)창잔문학예술인협의회 회원
대한문인협회 회원
문학 어울림 회원

(공저) 텃밭 9호

끝나지 않는 사랑

살며시 다가오는 향기처럼
사랑도 은은하게 머물다
살랑이는 바람 따라 멀어져 간다

눈보라 속에서도 꽃은 피듯이
초록의 싱그러움에도 이별은 있었다

화려함을 뒤로하고 떠날지라도
눈물 보이지 않는 까닭은
흔적 두고 가는 순리를 알기에

돌아가는 계절의 순환에
순응하여 저물어 가도
미소만은 버리지 않았다

두고 간 여운 뜨겁게 타올라
티끌로 사그라질 때가 되면
그리움은 또 잉태를 준비한다

지나간 것은 다시 돌아와도
머물렀던 그 자리가 아닌 까닭은
속박하지 않는 자연의 섭리인 것을

내리는 비에 슬퍼 마라
서산에 지는 해를 잡지 마라
어두울수록 아침은 밝게 찾아온다.

솜틀

김진희

생각 없이
휘두르는 말끝에 박힌
작은 가시 하나
가슴을 휘젓는다

불린 쓰라림은
화살 되어 돌아가
달팽이 심장이
붉게 물들어 간다

생각 하나
돌아보는 눈짓만으로
너와 나의 가슴엔
솜이 탄다

부풀어져
풀 먹인 솜이불 아래
나란히 누울 때
목화꽃은 피어난다.

촛불

김진희

흐르는 눈물에
슬퍼하지 말아요
그늘져 어두운
그대 아픔 지우려 함이니
흐르는 건
눈물이 아니랍니다
그대를, 그대 슬픔을 씻기 위한
내 마음입니다

타는 내 모습에
슬퍼하지 말아요
볼 수 없어 두려운
그대 안식 위함이니
타오르는 건
몸이 아니랍니다
그대를, 그대 행복을 밝히기 위한
내 사랑입니다

그대 행복을 위해
남김없이 주고 싶은
염원의 불꽃
내 사랑의 불꽃입니다.

김철민

당신의 커피 향 외 2편

대한문학세계 시 부문 등단
(사)창작문학예술인협의회 회원
대한문인협회 회원
문학 어울림 회원
현) 양산시청 징수과장

당신의 커피 향

김철민

꽃잎 위에 바람이 날고
당신, 이런 날 커피 향 안고 창밖을 보네

저 바람 소리도 몸짓인데 기억 한 닢을 포개어 또 날리네
고향에 걸려있는 당신이 맡은 향기 잊을 수 없겠지
옛길, 복숭아 깨물며
뛰어다니는 소녀가 되어 기억 따라 웃고 있나

누른 황소 누운 지붕 위, 호박꽃 움츠려 익어가는 해 그름
들녘 바라보며 밥을 짓는 굴뚝 연기가
날아다니는 고추잠자리 쫓아 기침을 해대었고

옛 향기 가득한 그리움을 앓는
모기향이 마당에 퍼지곤 했었지.
팔베개에 주워 담던
밤하늘 쏟아지는 무수한 별들은
이젠, 깜빡일 뿐

장독대에 꽃잎이 지고 바람이 일어도
인적이 끊긴 고향으로
당신의 얘기가 가고 있는 그곳, 아이들 외갓집

지금, 세월은 쌓여 꽃잎 위에 바람이 나르니
일 백 리 뻗은 향이 당신의 커피에 담겨있네.

홍시

김철민

두 팔 벌려 익은 마디마다
찬바람 부시는 날
파란 하늘 잡으려 날려보는
하늘 일렁이는 손짓

알알이 익은 눈물이
사랑인 줄 알았지만
빨간 심장 간직할 줄 몰랐어요

빚어 둔 색깔 매달아
물든 내 맘, 속살 보일 듯
바람이라면 돌아누운 가슴에다
하늘이라면 대답 없이 익은 말로
금방 툭 터질 듯

달래면서 바라볼 수밖에 없는
붉은 나의 사랑 내걸고
파란 하늘 당신을 바라보고 있어요.

봄 물들어

김철민

이 봄을 품고 품어 꽃을 피우네

아픔을 알면서 여인의 모성애로
품고 품어 꽃을 피우네.
저토록 아름답게 피우고 있네

꽃잎 떨어지면
맺힌 멍울 어찌하려고
씨앗 열리면 핀 꽃 보내야 하는
눈물 어찌하려고
이것도 사랑인 줄 알고 그러시나

눈 속에 피는
매화의 아름다움도 떠나고
목련 진달래 벚꽃 곱게 차려입고

이 봄을 바라보고 있는
저 시선은 누구시길래
말 못 하고 봄을 물들이나

이 시선 또한 어찌해야 멈출 수 있나
이미 들어와 너 안에 일렁이는
이 봄을.

김 철 수

가을 문턱에서 외 2편

경기 남양주
대한문학세계 시 부문 등단
(사)창작문학예술인협의회 회원
대한문인협회 회원
대한문인협회 경기지회 회원
텃밭 문학회 회원
문학 어울림 운영위원

가을 문턱에서

김철수

누군가 내게
가을을 아느냐 묻거들랑
나는 고개를 가로젓겠소

실없는 노총각 매미 서럽게 울고
짓궂던 개굴개굴 소리
풀벌레 향연으로 바뀌었네

옥수숫대 배불뚝이 열매 안고
바위 부여잡은 담쟁이야
울긋불긋 수를 잘도 놓았구나

코스모스 손짓 반겨주니
여유로이 비행하던 잠자리
꽃 한 송이 부여잡고 연애질하네

한여름 버거운 열기 사라진
저마다의 사연이
탐스럽게 익어가는 계절이라

가을이 예 있고
내가 이미 그 안에 들었으니
나는 다만 모른다 하지는 않겠소.

사랑 소묘

김철수

덧없이 마냥 그러하듯이
애써 감정 억누른 채
돌부리에 허튼 발길 채이고

만나기 전 떠나간 후
기대도 상처도
그마저 모두 저버리고

수많았던 그리운 연서
그 시작과 끝
다다를 곳은 또 어디인가

종착점,
우리의 시간
너와 내가 끝내 다가간 곳

쪽빛 흔적이나 머물러 있으려나
눈물 머금은 이름 모를 꽃
고개 떨구고 흐느꼈네.

탄생

김철수

어둠 속에서 수개월
두 눈 꼭 감고 웅크리다
처음 빛을 보았네

외마디 소리
난데없이 엉덩이 짝 맞은 채
세상 등짐에 나선다

초조 긴장의 아빠
미소로 애정 짓는 엄마
기대와 설렘으로 연이 되어

하늘은 푸르러 드넓고
밝은 햇살 창가에
반가이 맞이하여 웃으니

눈 부릅뜨고
두 주먹 움켜쥔 채 고한다
나! 이 땅에 태어났노라

아가야, 내가 세상을
활짝 열어 주었으니
너는 이 세상을 다 가져라.

남민우

신작로 외 2편

1995년: 마산상업고등학교
　　　　69회 졸업 (총동창회 회장)
2000년: "좋은생각" 발행 시집
　　　　"그대의 사랑 안에서 쉬고 싶습니다"
　　　　좋은 님 100인 중 1인.
2001년: 경남대학교 졸업
2001년: (주)대동전자 상해 공장
　　　　주재원 파견 외
　　　　주재원으로 13년간 재직 후 개인사(
2001년: "나 홀로 네가 그립다"
　　　　　　　　　개인 시집 발간
2015년: 산동대학교 경영대학원 석사
2017년: (주)민우 / 민우의 대표이사
　　　　중국 산동성 웨이하이
　　　　민우무역유한공사 동사장
2017년 대한문학세계 시 부문 등단
(사)창작문학예술인협의회 회원
대한문인협회 회원
문학 어울림 운영위원

신작로

남민우

할매는 오늘도 여명을 박차고 읍내장에 나선다.

신작로 그 길의 끝에
누이 손톱의 봉숭아 색 닮은
신비가 가득할 테지?

바람이나 드나드는 곳 종종걸음으론 엄두도 못내
물끄러미 바라보는 오후 까무룩 잠든 오수에
왠지 모를 짜증만 남아

눈치 보던 메리에게 결국 터지고야 만다.
그 먼 길을 이고 지고 가실랑이에 지친 몸일지라도
내 생각에 나르듯 올 걸음.

강아지풀 꺾어 입에 물면
멀리 신작로 초입에 할매가 온다.
이고 오는 보따리엔 내 것들로 가득할 터인데도
한마디 거든다. 와? 인자 왔노?

철들고 그 말이 제일 아프더라 와 인자 왔노?
강아지풀 꺾어 물고 선 신작로의 끝에서
할매도 메리도 더이상 오지 않을 곳

허공에 날려 보낸다.
와? 인자는 안오노?

69

산사의 밤

남민우

범종은 울어 번뇌를
비우고
나는 울어 너를 채운다

산사의 밤
종이 아플수록 그 소리는
멀리 닿을 터

소리 없는 내 울음은
내 안에 머물러
네가 된다.

가을 길을 걷노라!

남민우

푸르름이 드리운 천공에 비추는
금빛 물결의 풍성함이
으스러지는 달빛으로 가득한
그 갈림길의 어귀에
홀로 걷노라.

그대 미소 같은 부드러움을 이고
흔들리는 갈대의 떨림으로
내 그대의 사랑은 해마다
흔들리고 져가고 그리 또
행복하겠지

가을이 오면 그대.
내게로 안겨 올겨울의 초입
설레노라!

도지현

거꾸로 보는 세상 외 2편

성명: 도지현(都智鉉)
본명: 도성희(都成姬)
아호: 藝香
대한문학세계 시 부문 등단
한국문인협회 회원
텃밭문학회 운영이사
문학어울림 수석 운영위원
대한문인협회 2014년 특선 시인선 선정
대한문인협회 2014년 향토문학상 수상
2016년 대한문인협회 한국문학 발전상 수상
2016년 대한문인협회 주관
       순우리말 글짓기 공모전 동상 수상
2017년 텃밭문학상 수상

[공저]
텃밭문학 8호, 9호
대한문인협회 서울인천지회
              들꽃처럼2호 외 다수

거꾸로 보는 세상

도지현

어느 것이 眞이고
어느 것이 虛인지
때로는 虛가 眞으로 보이고
眞이 虛로 보이는데

세상사 모든 것이 그러더라
虛가 眞 같고
眞이 虛 같은 것

혼돈과 혼란 속에
가끔은 거꾸로 보면서
고정관념을 깨트리고
마음도 정리해 보는 것

虛도 眞으로 보고
眞도 虛로 보면
자연스럽게 마음마저 열려
세상 모두가 아름답지 않을까

무인도(無人島)

도지현

섬은 둥둥 떠 있다
어느 쪽 소속인지 모를
바다와 하늘의 경계선에서
싸늘하게 식어 파란색으로 있다

언젠가 그 사람이 그랬다
가슴을 가시가 찔러 아프다고
열어보니 파란 농이 가득했는데
그 농 색깔과 같은 섬이다

그런데 어느 날 내 가슴도
욱신거려 보니 파란 농이 가득해
알고 보니 나와 그뿐 아니라
다른 사람도 농이 있는 걸 알았다

가슴을 아프게 하는 농
아무도 살지 않는 무인도가
어느 날부터 가슴에 둥둥 떠 있어
섬은 바다에만 있는 게 아니라
가슴에도 떠다니고 있는 걸 알았지.

바람이었다 하겠어요

도지현

세상 어느 것도
흔들리지 않은 것 없더라
사이좋게 아우르고 있는 잎새
흔들며 떼어 놓는 심술은

측량할 수 없을 만큼 깊은 마음
무언가가 툭 하고 건드리니
가눌 수 없이 흔들리는
가슴 심연에서부터 일어나는 지진

분명 무채색 무언가가
휙 하고 지나갔는데
지나간 흔적마다 남아 있는 파편들
무수한 잔해들이 즐비하다

세상 사람들 입에서 입으로
회자하는 화두
그것은 바람이라고
흔들며 지나가는 몹쓸 바람이라고

박성수

돌담만큼 예쁜 사랑 외 2편

예향의 도시 통영 거주
대한문학세계 시 부문 등단
(사)창작문학예술인협의회 회원
대한문인협회 회원
문학 어울림 회원

돌담만큼 예쁜 사랑

박성수

한 돌, 한 돌 쌓인 돌담은
얼기설기 쌓여 허접해 보여도
겹겹이 쌓인
우리의 사랑만큼 이쁘고 아름답다

듬성듬성 뚫린 구멍 사이로
따스한 하늬바람 불어와
우리의 사랑은 무너지지 않는다

돌담 새로 스며드는 사랑은
한겹 한겹 쌓이고 쌓여
봄 처녀 젖가슴 피어오르듯
우리 사랑 오롯이 피어오른다

그래서 정겨운
깊은 사랑인지 모른다
완벽해 보이는 블록 담 사항은
겉치레일 뿐

고풍스럽고 정감이 오고 가는
그런 사랑으로 우리는
희망하고 원할 거여요.

술을 마신다

술이 술을 부른다
내가 술을 찾는 것이 아니라
술도 술잔을 찾는 것이 아니다

술잔은 술을 담기 위해 찾고
나는 술을 마시기 위해 찾는다
나중에는 술이 술을 찾는다

어두운 밤은 별빛에 술을 마시고
나는 목로주점 백열등이
바람에 흔들릴 때 술을 마신다

빨갛게 익어가는 여심 화는
꺾어버린 나신 때문에 술을 마시고
나는 저물어 가는 세월 탓에 술을 마신다

만추에 들꽃은 하얗게 피어가는
백발의 서러움에 술을 마시고
나는 고독을 달래려고 술을 마신다

오늘도 등줄기가 굽어져 가는 애달픔과
애련한 애증 때문에 술을 마신다
잠을 청하기 위해 술을 청한다.

상시의 가을

박성수

스산한 바람에
가을은 절로 흐르고
하늬바람 불어오는 민둥산에
산발한 억새가 춤춘다

그리움 빛 물든 언덕에
홀연히 호로병 둘러메고
돗자리 펼치니
하얀 뭉게구름 흘러간다

애잔한 마음을 쓸어내리는 벌판에
고추잠자리 비비 거리고
은행잎은 노랗게 물들어
심연 한가을을 한 땀, 한 땀 수를 놓으며

풀 벌레 울어대는 소리에
귀 기울이니
귀뚜라미 울음 울음소리는
별빛에 애련히 춤추고
가을은 달빛에 춤을 춘다.

박 정 기

봄이 오는 길 외 2편

문학춘추 2017년 시 신인작품상 등단
전남 문인협회 회원
문학춘추작가회 회원
한국문화해외교류회 회원
문학 어울림 회원

〈저서〉
시집 '따뜻한 동행'

봄이 오는 길

박정기

사립문 열고
겨울바람 슬며시
떠난 자리

파릇한 풀 내음
봄이 왔나보다

사뿐사뿐 왔을까
뚜벅뚜벅 왔을까

밤새 강 언덕
늘어진 가지마다
톡 톡 터지는 꽃망울 소리

스치는 바람도 넋이나 가
조심조심 머물다
살며시 달아난다

새벽 열려
봄 처녀 치마폭
바람 속삭이면

외로운 총각
붉어진 얼굴
심장 뛰는 소리는

밤새 꽃향기에 취한 새들
단잠 깨운다.

지리산 여정

박정기

운무가 산허리 감아 돌아
저 운해 밑 화엄이 사라지던 날

하늘은 높은 산을 보듬고
물소리 바람 소리 떠나보내는
이곳이 바로 천상의 화원 노고단

원추리꽃 꽃 무리 사이
잔대꽃 춤을 추고
지상의 벌 나비 쌍쌍이
노닐던 곳

밤이면 흰 구름 품에 안고
하얀 어깨 떠억 벌려
길을 막는 지리산 자락

밤이면 산도 외로웠는지
어둠을 걸치고 창문을
두드린다.

가을 마중

박정기

하늘 저편
하얀 양떼구름
흩어져 모이며
길 떠난다

지친 목동
이마에 맺힌 땀방울
실바람에 실어 보내고

떠난 자리
파란 하늘 열려
가을 마중하네

뒷마당 잠자리 떼
허공 날고

풋사과 고운 볼
서툰 입맞춤

발그레 물든 얼굴 위로
살포시 가을 다가온다.

박 정 재

그대 그리움 외 2편

성명: 박정재 / 호: 石友
1937년 5월 25일생
서울특별시 구로구 고척로 85
대한문학세계 시 부문 등단
2015년 4월 시 부문 신인문학상 수상
                        (가을 그리움)
2015년 7월 4주 금주의 시정(연꽃에 붙여)
2015년 대한문인협회 인천지회 동인지
"들꽃처럼 제2집" "들꽃처럼 제3집" 공저
2016년 명인명시 특선시인선 선정
2016년 대한문인협회
    "순우리말글짓기 전국공모전" 동상 수상
2016년 대한문인협회
            "한국문학발전상" 수상
2017년 명인명시 특선시인선 선정
2017년 "텃밭문학회" 동인지 "텃밭9호" 공저
2017년 대한문인협회
    "순우리말글짓기 전국공모전" 동상 수상
(사)창작문학예술인협의회 회원
대한문인협회 회원
대한문인협회 서울인천지회 회원
문학 어울림 회원

그대 그리움

박정재

언제나 아름다운 것은
스쳐 지나간 다음에 남는
즐거웠던 잔상들
언제나 간절히 바라는 것은
사라져 간 잔상들이
다시 현실로 나타나 주는 것

만질 수 없는 것이
만지는 것보다 더 신비스럽고
눈앞에 볼 수 없는 것이
더 아름답게 여겨지는 것
그대, 그리움은
아름다운 바램이요,
또 아름다운 남음입니다.

친구란 그런 사이

박정재

친구란 이름만 들어도
옛 추억의 포도송이가
주렁주렁 열리는
그런 사이입니다

커피잔의 증기가
모락모락 피어 오르면
서로 오갔던 말들이
줄을 서는 사이입니다

등산길을 걷노라면
함께 봤던 나무와 바위에
조각되어 있는 모습이
눈에 보이는 사이입니다

온새미로 영원히
가슴 속에 함께 하는
미운 정 고운 정으로
남아 있는 사이입니다.

과꽃

박정재

과꽃은 그 길섶에 피겠지만
나 여기 타향에 외로이 갇혀
내 고행 그 길을 가지 못하네.

과꽃이 피어 있는 그 길을
책보자기 질끈 허리에 매고
학교 가던 생각 아른거리네.

고향 길에 피어 있는 과꽃
올해도 그때 그 자리에서
활짝 핀 그 모습 보고 싶네.

박종태

어여쁜 당신 외 2편

충남 천안 거주
2017.5. 대한문학세계 시 부문 등단
(사)창작문학예술인협의회 회원
대한문인협회 정회원
문학 어울림 회원

어여쁜 당신

박종태

생각만으로도 이쁘고
이쁜 모습에
가슴 설레고
설레는 가슴만큼
그립고

그리운 만큼 보고 싶고
그 보고 싶음이
나에게 행복한
활력을 주는 사람

그 사람은 내가 사랑하는
어여쁜 당신입니다.

보고 싶은 당신

박종태

오로지 당신밖엔
보이지 않는 내 눈은
시도 때 없이
당신을 보고 싶어 합니다

마음이 시키는가 봅니다
먹구름 몰고 오는 비 먹은 바람처럼
날마다 내 가슴속으로
무거운 그리움을 몰고 와
잠 못 들고 밤새도록 뒤척이게
만드는 당신

새벽빛 맑은 마음에
밤새워 보고파 했던
그리움을
소중히 담아봅니다.

아침 인사

박종태

가을을 머금은 시원한 바람이 참 좋은 아침입니다
오늘도 당신 그리움이 새벽으로 날 깨웁니다

맑은 바람에 눈을 뜨고 일어나
당신을 생각합니다
밤새 잠은 잘 잤는지
잠자는 사이에 아무 일 없었는지
당신께 아침 안부를 묻습니다

맑은 햇살이 가을을 내려주는
참 좋은 아침입니다
당신으로 인해 내가 행복하다는 것을
깨닫는 시간입니다

생각만 해도 이렇게 내 얼굴에
행복의 미소가 머물고
이렇게 가슴이 벅차올라 기분이 좋은데

오늘 하루도 어제의 만남처럼
행복한 시간들로 가득 채워지겠지요

나보다 당신이 더 행복하길
바라면서 시작하는 아름다운 이 아침
당신 그리움이 가슴 가득 차올라
참 좋은 아침입니다.

박 혜 숙

조약돌 하나 외 2편

부산 출생
한국문학작가회 등단
창작공작소 동인지
이든 문학회 정회원
대한문인협회 시화전 참여
갈맷길 문학제 시 부문 우수상 수상
갈맷길 문학제 시 낭송 부문 장려상
시와 늪 문인협회 작가상 수상
현) 시와 늪 문인협회 이사
시와 늪 문인협회 시 낭송 부문 강사
문학 어울림 회원

조약돌 하나

박혜숙

그랬다 바닷가 기슭 서로 돌들과 맨살을 비비며
모로 누웠다
세월의 파고에 짓눌린 채
바다의 베일 아래
그 많은 표정을 숨긴 얼굴
단 한 번의 한숨으로 단축되는 시간의 신전 앞
지난날은 강물처럼 흘러 옛꿈이 되고 말았다

아직도 이름을 얻지 못한 구석진 얼굴
내 영혼 속의 건축물
파도가 포말로 바위에 마구 솟구치듯
뛰노는 물살로 부순다
심장이 펄떡인다
몸을 휘돌아 나가는 삶의 물무늬
어둡고 가문 가슴에
푸른 물빛 하늘이 열릴 날이 있을 거야

세월을 저 멀리 바깥으로 밀쳐내고
나는 지금 시간을 붙잡고 있다
해조음 들으며 키우는 쪽으로 조금씩 일어서는
낮과 밤

소진되어 가던 영혼에
우직한 바다가 거기
내 심장 위에 춤춘다 면류관을 쓰고
바람이 분다 아직은 살아봐야겠다.

나비의 수작酬酌

코스모스는 태어날 때부터 흔들렸던가요
아니 바람결에 쏠리고 저 노을 쪽으로 기울며
가만히 속으로만 흔들렸는데
나비가 찾아와 두 손을 내밀며
수작을 거는 거였군요

애써 거만한 척, 꼿꼿한 척 버티려 했건만
바람도 함께 덩실거려
기쁜 마음으로 몸 맡겨요

이제는 덩실 어깨춤 추어요
바람은 옆에서 손동작 하나하나에
추임새도 넣어주는군요

내일은 또 어떤 나비가 찾아와 수작을 걸까요
가을 들녘은 온통 나비와 코스모스의
무도장이 될 터이니.

산 달팽이(동시)

박혜숙

비 온 뒤 오후,
냇가의 돌바닥에 바짝 엎드린 달팽이가
잎새에 묻은 빗방울 핥으며
세 정거장도 더 되는 집까지
앙금앙금 걸어가고 있는 거야

걷다 보면 돌 틈새로
살그머니 꽃대궁 밀어 올린 하얀 망초꽃도 만나겠지
달팽이가 집을 찾아가는 맞은 편엔
구슬 옥수수도 반갑게 수다스러운 얘기 하자 하겠지
오솔길 너머로는
방실방실 노랑나비도 찾아 날아오겠지

이러다 언제쯤 집에 도착하게 될까?
맨살로 벽을 더듬어 느린 배밀이로
둘레둘레 세상 구경하느라

더듬더듬
먼 길을.

변 봉 희

신부의 꿈 외 2편

경북 포항 거주
대한문학세계 시 부문 등단
(사)창작문학예술인협의회 회원
대한문인협회 회원
문학 어울림 회원

신부의 꿈

변봉희

태초의 빛 눈부신 금빛 날개로
다시 쏟아져 내리는 날
진주처럼 영롱한 순백의
물매화 꽃으로 순결하고
고귀한 신부 모습

축복과 환희의 노래 부르며
떨리는 가슴 안고 빛으로 오실
당신을 맞이하렵니다

임이여
당신 품 안에 꽃망울로
하얗게 고이 간직하여 주옵소서.

해녀의 꿈

변봉희

전복 한 상자 하얀 정성
바다의 싱그런 살아있는 향기
일순간 짭짤한 바다 내음
왜일까

태왁과 망사리 어깨에 멘
해녀의 한숨이 보이는 건

가슴이 터질듯한 고통 참아내며
수백 번 물 아래 잠수하는
해녀의 아픔 이려는가

조용한 바닷가에
해녀의 숨비소리
호이 호오이' 합창을 하고
어느새 나는
해녀의 땀 생명의 꿈틀거리는
코발트색 바다로 향하고 있었다.

내 안의 당신

변봉희

내 안에 당신이 있어
동해에 떠오르는 붉은 해
날마다 기쁨으로 용솟음쳤다오

내 안에 당신이 있어
잔잔한 호수의 연꽃 되어
수줍은 미소로 꽃망울 터뜨렸다오

내 안에 당신이 있어
흔들리는 바람 한 점도
달콤한 속삭임 환상의 날갯짓 했다오

내 안에 당신이 있어
해 질 녘 노을빛 보며
뜨거운 열정 감격의 노래 불렀다오

다시 한 번만 더 불러다오
사랑의 세레나데를
첫 고백 전율 하얗게 부서지던 날처럼

'사랑해'라는 말
텅 빈 가슴 가득 채우고
솜털 포근한 환희로 잠들 수 있도록.

서 대 범

사월 외 2편

경기도 남양주 거주
대한문학세계 시 부문 등단
(사)창작문학예술인협의회 회원
대한문인협회 회원
문학 어울림 회원
인제 건강원 대표
다산 봉사크럽 회장역임
오남 복지넷 위원

사월

서대범

사월 이맘때면 꼭 비가 온다

이 봄이 참 좋다
우리 님 축복으로
온 세상 푸른색 물감 온 천지
투명하게 흐른다

사나흘 흐드러졌던 꽃
꽃잎은 비바람과 함께 마당에 팔랑거린다
그래도 싫지 않아 참 좋다

돌아오는 아침엔 사나흘의 영화가
푸른 생명 되어 산. 들
이곳저곳 피어
갑자 살은 철부지 좋아라
푸르른 새 세상 만들겠지

흐릿한 저녁 꽃나무 흔드는 바람
결실의 꿈에 힘없이 떨어진 꽃
밝은 날 밝은 빛 품에 안고

왜? 비는 오색 빛 품은 아름다운
감미롭게 오나 속 살 뒤집는
비바람은 부는데.

청춘의 소망

서대범

내 품을 만큼의 가슴에
솟아나는 그리움은
한 마리 종달새 되어
고운빛 햇살 품은
춤사위가 고와라

날갯짓에 피아노 건반이 춤추고
바람결에 날려진 낙엽 한 잎마저도
촘촘히 거미줄에 걸린 이슬방울의
형언하기 힘든 설렘도 고와라
손에 쥐어지지 않는
쥐면 없어질 보석처럼
님 곁에 포락 포라락 날고 싶어라

가을에 봄이 보이는 건
님 사랑에
계절 잊은 어리석은 걸음인데
좋아라

청춘처럼 늦가을의 봄.

아름답고 아픈 오월의 노래

서대범

참 아름다운 세상 주신 님
오월 연녹색의 빛이 천 가지, 만 가지
우리의 만상만큼의 색이
아침 이슬로 떨어집니다

걷는 길이 노래가 되고 영혼이 풍요하고
아름답고 평안한 숨이 되어
이 세상에 터질 것 같은 기쁨이
친근한 벗으로 옵니다

그래도 한 곳 멍울이 쉽게 가시지 않음은
오월 아픈 기억이 달리고 매달리고 넘기고
노래와 춤을 추며 잊히지 않는 일상
작은 바람에 흔들려 부서지는 나뭇잎
천 조각 만 조각 은빛으로 쏟아져 흐릅니다

이날 우리 이야기는 듣는이 없고
천 가닥 만 가닥의 인생이
기뻤었나? 슬펐었나?
푸르름은 살아있음을 감사해 이 빛 좋은 날
그래 오월이라 노래합니다

님이여 오월 기쁘지 않아도 슬프지 않게
찬란한 그리움으로 오소서.

선지현

어머니 외 2편

세종시 조치원 출생
계간(시세계)등단 2016년
문학세계 문인회 회원
한국베이베이박스 문인협회 정회원
공저 (베이비박스에 희망을 싣고 3집 참여)
수안보 온천 시조문학상 신인상 수상(2017년
문학콘서트 [시&연인] 회원
한국독도 문인협회 회원
공저 독도플래시몹 참여
한국시조 문학진흥회 회원
문학 어울림 회원

어머니

선지현

병실에 환자복 입고
누워 계신 당신
아무 말씀 없으신
당신을 볼 때마다
눈물이 앞을 가립니다

세월 흘러 몸과 마음이
다르게 움직일 때마다
당신 자신은
얼마나 괴로우실까요

병상에 누워서도
자식들에게는
짐 되는 모습
보이지 않으시려고
참으시는 당신

당신이 베풀어 주신
크고 깊은 사랑의 빚을
다 갚을 수 없기에
지금 당신 곁을 지키는
자식의 가슴은 답답할 뿐입니다

훌훌 털고 일어나소서.

105

힘든 삶

선지현

하염없이 볼을 따라 흐르는 눈물
믿었던 사람에게 크나큰 상처를 받아
차창 밖으로 요란하게 때리는 비가
공허한 내 마음을 아는 것일까

바보처럼 눈물을 보이며 지나가는
풍경들을 바라보며 눈물을 삼키지만
참아왔던 눈물은 폭포수처럼 멈추지 않는다.

삶이 힘들어 더는 생각하고 싶지 않아
여행을 떠나며 다시는 울지 않을 거야.
내 마음을 다독여 보지만 나약한
모습에서 허우적대는 나의 삶이 싫다

만남을 통해 아픔을 잊고
서로에게 격려와 위안을 주는 나의 삶
나를 통해 아픔이 사라지고 위로를 받는
사랑하는 사람과 함께하는 삶이 감사하다.

우리 아들

선지현

정다운 곱슬머리 아이 사시 안경 쓰고
겁 많고 어리지만 예쁜 말만 하는 아들
이제는 속 깊은 아이
자기 마음 숨긴다

자기보다 훨씬 못한 친구를 돕는 아들
큰 눈에서 하염없이 볼 따라 흐른 눈물
착하고 예쁜 아들이
말을 하지 않는다

등굣길 다리 왠지 아프다고 말했지만
아이를 서둘러서 학교로 내보낸 게
자꾸만 후회된다
병원 데려 갈 건데

연중이 발목 어디 염증이 생겼단다
며칠간 병원에서 물리치료 받았었다
연중아, 엄마가 미안해
너의 말을 들을게

드론을 만든 연중 하늘마저 날린 걸까
아이가 순수하고 바른길 가는 듯이
전처럼 노래 잘하는
해맑게 자라렴.

손경훈

내 인생 내 노래 외 2편

텃밭문학회 회장
텃밭 동인지 2,3,4.5,6,7,8,9호 공저
텃밭문학상 수상
한맥문학동인회부회장
한국문인협회 회원
문학 어울림 고문

내 인생 내 노래

손경훈

오랜 세월 비바람 이겨낸 마음은
하나 둘 나이테를 만든다.

결과 채움의 아름다움
힘든 만큼 성장의 일기들이
차곡차곡 성을 쌓고
세월을 덧입힌 풍성한 이야기가 숨 쉬는 이력
저물어 간다는 것은 아름다움이다.

삶은 흔들려야 인연이 되고
즐거운 노래가 되고
가슴 저민 아픔으로 옹이가 되어
아름다운 무늬가 된다.

오가는 이야기 속에 나를 던져라
저물어가는 저녁놀에 나룻배를 띄우고
하루를 저어가는 마음에 희망을 심어라

살아 있음이 행복이고
흐린 날도 햇살 맑은 날도
내 인생 내가 만드는 것이기에
노래도 상처도 아름다운 오늘이기에.......

엄니 생각

손경훈

호롱불 잠에 겨워
꾸벅꾸벅 졸던 밤
흰 목화 타던 물레 소리에
길고 긴 밤 서러워라

하늘을 헤집을 때마다
천상의 뭉게구름 피어나고
하나둘 엮어지는
어머니의 인생
너울너울 춤을 추던
그 모습 그리워라

환한 전깃불에
호의호식 배불러도
어머니 생각하니
눈앞이 흐려지네.

어느 잡부의 새벽길

손경훈

좁디좁은 골목길
다닥다닥 붙은 집들이
어깨를 기대고 사는 동네

하루하루 끼니 걱정
배고픔을 안고 사는
어둠을 베고 자는 밤낮이 없는 곳

돈 번다고 내려가선
못 벌어서 한잔 벌었다고 두잔
비틀대며 산비탈을 오르며
부르는 노래가 구슬프다.

말 없는 얼굴에 각기 다른 근심이 서리어
없는 것도 서러운데 드러누운 마누라
철없는 자식은 쓰는 법만 알아
밑 빠진 항아리 물 채우기라네.

절망을 안고서 희망을 찾아가는 길
샛별이 웃어준다
먼지 구덩이 인생이지만
바람 따라 굴러가는 삶이지만
산다는 게 아픔을 달고 가는 것
작은 희망을 안고 가는 발걸음이 힘차다.

송향수

가을밤 심취 외 2편

충북 제천 거주
대한문학세계 시 부문 등단
(사)창작문학예술인협의회 회원
문학 어울림 회원
그랜드 웨딩숍 대표

가을밤 심취

송향수

밤이 되니 이슬에 젖어오는 당신
이 고독한 그리움 나 홀로
별 밤 지키며 떨고 있는 새벽에
당신은 휘어지는 풀잎에 이슬
젖은 발목으로 나에게 왔습니다

당신과 나 사이에는 사랑이란
강물이 쉬지 않고 흐르기에
당신은 이 새벽에도 가슴속에
별 하나 품고 반짝이는 그리움으로
나에게 다가왔습니다

당신과 나는 애써 손잡지 않아도
그리움이란 울타리가 서로의
마음을 치고 있기에 당신은
그리움에 이끌려 까만 밤을
하얗게 보내고 새벽 오기만을
기다려 날 찾아 왔습니다

사랑하는 당신
난 당신을
뜨거운 가슴으로 반갑게
맞이합니다.

하늘이 아는 내 마음

송향수

머지않아 청명한 하늘빛이 내려앉은
어느 날이면
자연이 영글듯 간절히 소망하는
그날의 기억을 떠올리며 행복해질 겁니다

여름으로 향하는 햇살이
에메랄드빛으로 내려앉아
찬란하게 꽃피우고 내 마음이
먼저 알고 다가가는 당신은
늘 내 안의 뜨락에 계시는 당신
예쁜 사랑 꽃피우세요

행복은 나만의 독무대가 아니듯
어울림의 조화가 이루어지는
아름다운 무대입니다

마음과 마음이 만나서 서로에게
희망과 용기를 주고 기쁨을
줄 수 있다면
어디에 머물든 늘 함께 하는
감사함이랍니다

마음의 울림을 준다는 건
진정 행복한 사랑일 것입니다.

그것은 생각

송향수

비가 옵니다
추억의 시간을 그리며 찬 바람이
옷깃을 여미게 하는 날이면
안부를 묻고 싶어지는
사람이 있습니다

맑은 햇살이 창가에 스치는 날이면
사랑을 이야기하고 싶어지는
사람이 있습니다

불현듯이 보고 싶음에 목메는 날이면
말없이 찾아가 만나고 싶어지는
사람이 있습니다

소리 없이 빗방울에 마음을 적시는
날이면 빗속을 거닐고 싶어지는
사람이 있습니다

이유 없이 마음 한편이 쓸쓸해지는
날이면 차 한잔을 나누고 싶어지는
사람이 있습니다

까만 어둠이 조용히 내려앉는
시간이면 그리움을 전하고 싶어지는
사람이 있습니다

그 사람은 바로 당신입니다.

심경숙

바람 부는 대로 외 2편

춘천 거주
대한문학세계 시 부문 등단
(사)창작문학예술인협의회 회원
대한문인협회 회원
문학 어울림 회원

바람 부는 대로

심경숙

삶에 지쳐
어디론가 떠나고 싶은 마음
발길 닿는 대로 떠나련다

비릿한 바다 향기
하얀 파도 찾아
고운 모랫길을 걷고 싶고

따스한 모래밭 앉아
고단한 삶 잠시 내려놓고
윤슬에 출렁이는 파도가 그립고

바위에 부서지는 파도
하얀 포말에 고단함을 숨기고
바람 부는 대로
그저 바라보고 싶다

갈매기 먹이 찾아 두리번두리번
파도랑 어울려 노는
해맑은 어린아이들도 보고 싶다

삶의 언저리에서
바쁜 일상 뒤안길
바람 부는 대로
느끼고 싶다 자유를.

옷 한 벌

심경숙

봄날 연둣빛 옷 한 벌 얻어 입고
여름 햇살 뜨거움에
진한 푸른색이 되고

바람님 찾아와 흥겹게 춤추게 하고
달님이 찾아와 편히 쉬라는데

비님 해님 바람님 달님과
친구 하며 지낸 시간이
어느덧 가을

봄날 얻어 입은 옷 한 벌
여름의 뜨거움에 헤지고
바람결에 퇴색되어
가을 되니 나무의 옷 한 벌
가을 단풍색 되었구려

겨울날 싸늘한 바람
그 옷 한 벌도 벗겨가겠지

나무는 옷 한 벌로 일 년을 입는데
나는 계절 지날 때마다
예쁜 옷을 입고 싶어질까

임 만나러

심경숙

설렘 가득 안고 길 떠나네
임 만나러

들길 지나다 들풀과 소곤거리며
내 모습 예쁘냐고

하얗게 핀 들꽃에 물어보면서
임 만나러 가는 내 맘 아느냐고
미소 지으며 사뿐거리는 발걸음

보랏빛 나팔꽃도 말해주네
어여쁘니 잘 다녀오라
나팔 불며 말해주니

분홍색 코스모스
내 기분 아는 듯 미소 짓네
임 모습 그려보며 길 떠난다

가을 하늘 바라보던 해바라기
함빡 웃음꽃 반겨주네
나도 따라 함박웃음 머금고

길 떠나네. 임 만나러 사뿐사뿐
행복도 덩달아 넘실댄다.

119

안경숙

산길 외 2편

인천 거주
문학 어울림 회원

산길

안경숙

산에 올랐네.
동무와 함께 오른 산길 터벅터벅
봄 속으로 푹 빠져
바람 소리 꽃눈 가득 맞으며
봄 속으로 푹 빠져
산 위에 마신 막걸리 사랑에 취해

근심 털어낸 시간
하늘 구름 쳐다보니 다 그러려니
마음 가는 것도
마음 오는 것도
하늘 구름 쳐다보니 다 그러려니
비운다 하여 비워지는 것 아니고
채운다 하여 채워지는 것 아니려니
풀어 놓고
내려놓고
살라 하네.

거리를 나서며

안경숙

저녁나절
거리를 나선다.

낯설지도 않고
친하지도 않은 거리를
오랫동안
비워둔 자리가 새롭게
채워진 풍경이다.

그 어느 날 옛 추억의 창가에
앉아 둘이 마시던 커피 향이
스며드는 밤이다.
늘 저녁노을에 심취해
시선은 하늘과 바다에
그 사람 마음에 물들이고 싶던 밤의 창가.

오랜 시간 앞에 앉아 그를 그린다.
담담하게
세월이 흐르기에
묵묵하다.
예전의 내가 아닌 나이기에

바람맞은 날의 흔들림도
이제는 아련하다.
그날의 그리움은 낯섦으로
오는 세월 앞에 죽어 있다.

여름 지나
가을의 문턱에서
나는 지나온 날에 대한
상념에 젖으며
거리를 나선 오후.
자유공원, 차이나타운, 월미도 거리를
배회하며 돌아오는 거리였다.

立 秋(입추)

안경숙

아침 바람 일렁이니
가을이 묻어오는 소리다.
풀벌레 소리 들려오니
가을에 귀를 기울인다.

가만가만 들어오는
바람 소리가
마음의 문을 열어젖힌다.
아침 낮과 밤의
향연이 색다르다.
가을에는
잎새 떨어지는 창에 떨구는 마음이고
가을밤 이름 모를 풀벌레 소리는
가까이 오는
내 마음 그리움이 남아서이다.

풀벌레 소리 요란해지는 가을이다.
바람 소리에 마음 공허하게 울린다.
슬픈 몸짓으로 오는 설렘과 고독이
가을 앞에 앉아 있다.

유미영

晩秋(만추) 외 2편

1962년 11월 16일 서울 강서 출생
2010.04 시사 문단 꽃잎의 변신 외 2편 등단
2010. 10 (사)자유문학 세대 메밀꽃 필
무렵 외 1편 광주시장상 (금) 수상
현) 공감 문학 이사
현) 공감 문학 작가협회 정회원
현) 문학애 작가협회 정회원
전북 문인협회 회원
한국 카스 연합회 회원
현) 한국 카스 연합회 감사
문학 어울림 회원

〈공저〉
문학애 [1집] 바람이 분다
문학애 [2집] 초록을 만나다
문학애 [3집] 초록이 가을 만나다
문학애 창간호 '봄' 여름, 가을, 겨울

공저 공감 문학 창간 봄 소식지 외 다수

晚秋(만추)

유미영

늦은 가을 당신이 머문 곳에도
땅 위에 내려앉은 낙엽 위로 비가 내리고 있다면
당신께서도 내리는 빗소리를 듣고 계시겠지요
가을이 깊어가는 이곳에도 비가 내리고 있습니다
창밖으로 떨어지는 빗방울 수보다 오늘은
당신이 더 그리운 날입니다

빗방울이 유리창에 부딪히며 떨어질 때마다
내 가슴에서도 비가 내리는데 당신 가슴에도
한 번쯤 나처럼 비가 내린 적 있나요?
이렇게 비가 내리던 지난여름과 가을
들꽃이 하얗게 핀 언덕을 따라 언제나 바쁘던
당신 소식을 기다리며 길을 걸었던 날들

그때를 떠올리며 바람이 차가운 늦은 가을
한적한 카페에서 당신께 편지를 쓰며
눈물이 아닌 미소를 짓습니다
어느 날 갑자기 찾아든 소중한 사랑
그 사랑 지키지 못한 까닭에
나는 당신을 사랑하였다 말하지 못합니다.

이런 사람으로 기억되고 싶다

유미영

따뜻한 봄 언덕 아래로 피어있는
화려하지 않은 봄꽃을 보고 누군가
내 모습을 떠올리며 미소 짓게 하는
고운 사람으로 기억되고 싶다

더운 여름 시냇물이 흐르는 개울가에서
소꿉친구와 나란히 앉아 발을 담그고
동심으로 돌아가 옛이야기를 나누고 싶다

낙엽이 지는 가을 누군가 문득 나를
떠올리기만 해도 그 사람의 가슴이
따뜻해지는 사람으로 기억되고 싶다

떨어진 낙엽 위로 첫눈이 예쁘게 내리는 날
누군가 내가 보고 싶다는 생각을 하며 전화를 걸어
안부를 물어줄 다정한 사람으로 기억되고 싶다

하얀 겨울 보랏빛 들국화처럼 은은한 향기를 지닌
사람과 함께 국화차 한 잔을 사이에 두고 앉아
도란도란 따뜻한 정이 오가는 이야기를 나누고 싶다.

그대의 허상을 남겨두고

유미영

지금 이 순간
그대와 함께 아름다운 노을빛을
바라보는 것이 내게는 더없는
소중한 시간입니다

바닷속으로 사라지면
다시는 볼 수 없을 것 같은 노을빛에 물든
그대 가슴에 기대고 앉으니 떨리는
그대의 숨결에 숨이 멎을 것 같습니다

그대의 긴 손가락이
내 머리카락을 넘길 때마다
그대의 품에서 나는 바다 향기에
나는 가만히 눈을 감습니다

사랑했다는 말도 행복했다는 말도?
내 마음 그대에게 전할 수 없어
노을에 물든 바다에 설움을 쏟아놓고
그대의 허상을 남겨두고 뒤돌아섭니다.

이고은

행복 외 2편

서울 거주
대한문학세계 시 부문 등단
(사)창작문학예술인협의회 회원
대한문인협회 회원
문학 어울림 회원

행복

쪽빛 하늘이 둥그스름하게 덮고
바다가 안락하게 누워 있으면
나의 쉼터도 그곳이 되어
행복이 몽글몽글 피어난다

수많은 인연의 끄나풀로 엮인 사람들이
고개를 쭈뼛 내밀지만
진심으로 나를 대해 주는 사람은
그 눈빛과 그 마음만으로 사랑이 느껴진다

부스스한 내 삶을 정갈하게 빗질해 주고
힘든 시간 속에서 풀 한 포기의 강한 생명력처럼
나를 우뚝 서게 하는 따뜻한 사람들이 있어
나는 더없이 행복하다

사랑하는 사람과 함께여도 때로는 홀로여도
빗방울이 여행하는 모습을
살갑게 바라보는 것만으로
인생의 여운이 찰싹 따라붙는다

짭조름한 바다 내음과
비와 음악과 여유와 감흥이 있는
그 시간을 사랑하면
그것이 진정한 행복이다.

천고마비

이고은

쟁쟁 울던 매미 소리 잦아들고
살랑이는 코스모스 위에
고추잠자리 날갯짓하면
살포시 어깨 기대는 너

뜨거운 열기도
짧은 입맞춤으로 끝나고
농익은 열매 속에 포옥 안기어
숨 고른 소리 자박자박 들려준 너

쉿! 이건 비밀인데
네가 온 줄 알게 된 건
매미 고추잠자리 가을 열매도 아니었어

매콤한 갈치찜 총각김치의 유혹
발사믹 드레싱과 함께
왁자지껄 떠드는 야채들
야식으로 수제비까지 달려드니
넌 참 풍성하고 요란한 친구

오호라! 하늘 높은 줄 알고
조랑말 살찌우게 하는
가을 바로 네가 온 거야.

장밋빛 천사

이고은

구름인 듯 너울너울 다가가
그대와 입맞춤 하면
메밀꽃 향기 하얗게 피어나고

풋사과 같은 가을 설렘과
고개 숙인 벼 이삭처럼 수줍은
미소 짓게 해주는 그 사람

비 오는 수요일
멍울지고 도톰한 젖가슴 닮은
빨간 장미 한 송이 건네주면
다리 꺾여 풀썩 넘어지고픈
하나뿐인 내 사랑

먼먼 시간 속으로 달려가
와락 안기고 싶은
그대 이름은 장밋빛 천사
희망의 씨앗 같은 사랑.

이 도 연

그리움 외 2편

인천 거주
대한문학세계 시 부문 등단
(사)창작문학예술인협의회 회원
대한문인협회 회원
문학 어울림 회원
(전)케이티 팀장
(전)인천 재능대특임교수
(현) (주)하나이엔디 경영지원부 이사

그리움

이도연

그립다!
그리울 때
이름 한번 불러 주세요

오랜 시간 지나도
문득 보고 싶을 때
내 이름 한번 불러 주세요

세월 속에 잊히더라도
당신의 마음에
그리움으로 남고 싶습니다.

아련한 추억이 그리울 때
막연한 그리움으로 당신에게
다가설 수 있게 해주세요.

산사의 아침

이도연

고요한 산사에 실바람이 분다.
바람결에 흔들리는 풍경 소리
청아한 울림으로 산 객을 맞는다.

고운 단청 차려입은 산사의 아침은
새벽 안개 흐르는 계곡을 따라
나그네의 심연을 연다.

개다리소반 위의 연꽃 향 찻잔에
하얀 김 소리 없이 피어오르고
그 향에 취해 절로 눈이 감긴다.

발아래 계곡에서 흐르는 물소리는
같은 소리인 듯 다른 소리인 듯
무아의 음률 조화를 이루어 낸다.

노승의 주름진 얼굴이
속세의 번뇌를 끊어 내려 몸부림치는
속절없는 염불 소리만 낭랑하다.

대웅전 흔들리는 풍경 따라
발길 머문 나그네는 불당 앞에 홀로 서서
고요의 합장을 한다.

가을의 소리

여명이 동트는 새벽이 소리 없이 밀려온다.
파란 하늘 틈 사이 수줍어 붉은 얼굴 드리우면
나뭇잎 사이 둥지를 나선 산새가 하늘을 날고
지저귀는 소리 잠을 깨운다.

여명의 빛을 따라 새벽안개가 고개를 넘어
희미한 안개 구불구불 실을 꿰어
오솔길 낮게 깔려 신비로움 가득히
나는 실 같은 구름 위를 걷는다

고요한 바람 따라 들려오는
산사의 풍경 소리 새벽이슬에 젖는다.
이슬에 젖은 풀잎 사이 걸음 걸으면
가을이 또 뒤를 따라 걸어온다.

가을바람 사이로 낙엽 한 잎 눈앞에서 춤을 춘다.
떨어져 내린 낙엽 속엔 가을이 고여 있고
때 이른 낙엽은 가을을 알리는 소리만 남긴 체
어깨를 넘어 자취를 감춘다.

이 명 희

삶의 굴레 외 2편

제주시 거주
대한문학세계 시 부문 등단
(사)창작문학예술인협의회 회원
대한문인협회 회원
문학 어울림 회원

삶의 굴레

이명희

잿빛 밤하늘
빗줄기는 달빛을 흘려보내고

남아 있는 삶의 시간은
얼마나 남아있는지

고달픔에 더 울어야 할지
웃고 살자고 맹세 놓아도
인생살이 힘들기만 하다

미련 남아 질질 끌고 온 인생
이젠 벼랑 끝에 서서
생을 다 하는 그 날이 오면

올가미 벗어 던진 홀가분한 마음으로
이정표 없는 곳으로
한없이 날아보고 싶다

이 시간마저 기억에 담고 싶지 않아
구름과 바람 나뭇잎들이
부른다면 뛰어가고 싶은데

끈질긴 쇠사슬이 가로막음에
결단할 수 있는 게 하나도 없는
내 인생이 슬프다.

늦은 인연

이명희

기나긴 터널 속을 지나온 것 같은
험난하고 버거웠던 인생살이였던
내 삶에 희망을 준 당신
그대가 내 손을 놓지 않는다면
저는 두려울 것이 없습니다

험한 산이 우리 둘을 가로막든
거친 바다가 갈라놓을지라도
사랑하는 당신이 내 손 꼭 잡아주면
어디라도 함께하고 싶습니다

이젠! 두 번 다시 힘들어하지도
이게 마지막 인연의 사랑이라고
마음속 맹세하며

이 생명 다할 때까지
그대만을 바라볼 겁니다

비양도
여백
그대와 함께.

난 괜찮아요

이명희

난 정말 괜찮아요
웃고 있잖아요

눈에 흐르는 것은
눈물이 아니에요
빗물이에요

이렇게 웃고 있잖아요
꽃을 보면서도

아침에 피었다가 해 질 녘
지는 꽃이라 하여도
웃고 있잖아요

난 괜찮아 석양빛 너울진
하늘 띠를 보고서
울고 있잖아요

한 걸음 두 걸음 디딤돌
돌 방석 위에 앉아서
석양을 보고 있잖아요

난 정말 괜찮아요.

이 범 희

신기루 인생길 외 2편

부산 거주
대한문학세계 시 부문 등단
(사)창작문학예술인협의회 회원
대한문인협회 회원
문학 어울림 회원

신기루 인생길

이범희

바다처럼 맘이 넓어질까 봐 배를 타 봤더니
마음의 크기는 배의 크기만큼 작아졌고

나이 들면 세상 넓게 이해할 줄 알았더니
남은 머리카락만큼 생각이 작아지니

넓은 바다도 살아온 경륜도 허상이더라

아!
이 일을 어찌할까

석양은 허물어져 어둠은 눈앞을 덮는데
내가 찾던 그 꿈들은 어디에 숨은 걸까?

깨달음

이범희

가정을 꾸리면서
책임감을 알게 되고

경제활동을 하면서
인내심을 배운다

평등함을 알 때
자존심을 버리고

실패를 통해서
자만심을 버리며

일이 잘될수록
겸손해야 한다

더불어 살면서
배려심을 알게 되고

나이가 들어감에
깨달음을 얻게 된다

이것을 알 때
행복할 삶이 된다.

늦깎이 사랑

이범희

사랑의 열매가 영글어 가는 가을
난 아직도 사랑을 맺지 못했어요
꿈을 찾아다니느라 벌 나비를 몰랐었죠

부와 명예를 이루는 날
세상 모든 것을 보상받으리라 생각했죠
그러나 세월은 기다려 주지 않았어요

사람은 아름다움을 모르는 건가요
벌 나비를 위해 피운 꽃을 취해만 갈 뿐
인간 스스로 그런 사랑 만들지 못하네요

늦깎이 사랑이라 놓치지 마세요
꽃은 피고 시들고 나면 그뿐이지만
아름다운 사랑은 영원하답니다

홀로 펴서 홀로 지는 꽃이라면 무슨 의미가 있나요
내 인생 가을 녘 일지라도 사랑을 하세요
늦깎이 사랑도 축복이랍니다.

이시중

상사화(相思花) 외 2편

1963년 경북 의성 출신
아호 인송 이시중 시인
점곡 중고등학교 졸업
신진스틸(주) 근무중

현) (사)창작문학예술인협의회 회원
현) 대한문인협회 회원
현) 한국문학작가 회원
대한문학세계 신인문학상 수상
한국문학작가회 – 신인문학상 수상
민주문인협회/민주문학회
한국다선문인협회 – 홍보이사
문학 어울림 회원
법무부 한국법무보호복지공단 서울지부
사회성향상위원회 – 교화위원

상사화(相思花)

이시중

촉촉한 이슬 먹음 녹색으로 쭉 뻗어 멋진 당신
가냘픈 그댄 봄바람에 나부끼며 우쭐대더니
아름답던 몸뚱어리 여름 되니 생을 다하는구나.

임 사랑 보고파 연분홍빛 꽃으로 피워 냈건만
생사고락[生死苦樂]임 기다려 슬픈 사랑,
기나긴 세월 눈물 속 애달픈 꽃향기로 머무네.

돌고 돌아 저 홀로 피어 속앓이 몇 해던가?
슬픈 꽃으로 수많은 세월 외로움 견디고 견디어
아픔 속 오지 않는 야속한 임 기다림의 비애[悲哀],

꽃이 임을 싫어하는가? 임이 꽃을 싫어하는가?
만나지 못해 가슴 아픈 수많은 나날

그리움 속 당신만의 꽃이 되어 기다린 인연,
그대를 만나지 못해 애달픈 사랑,
당신과 함께할 수 없는 애석한 운명,

영원히 치유될 수 없는 아픈 사연을 간직한 채,
슬픈 향기 꽃으로 머무는 한, 둘은 만날 수 없어
짙은 그리움에 긴 세월 눈물 되어 야속한 임이여,

함께 살 수 없으니, 함께 죽을 수도 없으매
상사화 사랑 앞에 정성 다해 두 손 모아 본들
애달픈 우리 사랑 어찌 다 견뎌 만나오리까?

내 고향 병방리

초록 물결, 흐르는 세월 뒤질세라
뜨거운 한여름 햇살을 머금고
윗물, 아랫물 유유히 흐름 따라 흐르고

그늘진 늙은 황소 한가로이 풀을 뜯고
푸른 초원, 소 풀 베는 소년 서툰 낫질에
이마엔 구슬땀 방울방울 맺혀 흐른다.

넓은 초원 이름 모를 들꽃 들의 향기
바람불어 푸른 광야로 퍼지니
나비들의 우아한 날갯짓 장관을 이룬다.

해 질 녘 노을 붉어 초원을 불사르고
초가집 굴뚝엔 뽀얀 연기 모락모락
보리밥 익는 냄새 온 마실 하늘 덮는다

마당 한쪽엔 똥개 밥 달라고 멍멍,
마구간 늙은 황소 여물 달라고 음매,
수탉 볏, 높다더니 울타리 넘을 기세다.

푸른 초원 초가 삼 가에 밤은 깊어
흔들거리는 호롱불 밤 깊은 줄 모르고
뽀얀 천장 시커멓게 그을려 간다.

146

오월은 당신의 향기이더라

이시중

오월의 이른 새벽녘 산책길을 나서니
방울 방을 이슬 가득 머금은 빨간 장미
춘풍 불어 한들한들 발그레 발길 잡아
붉은 꽃잎 속살 살랑살랑 나를 유혹한다.

마음의 문을 활짝 열어젖히고
방실방실 유혹의 붉은 미소 너무 예뻐
가시 돋아 가녀린 목둘레 조심스레
감싸 안으며 입맞춤해본다.

산 중턱에선 아카시아 향이 밀려오고
어스므레한 들길 꽃향기 가득 퍼지니
보고 싶음과 그리움이 산책로를 점령하고
붉은 핏빛으로 내, 온몸을 휘감는다.

빨간 꽃잎 입술로 나를 매혹 시켜버린
붉은 살결이 아름다운 오월에 그대여,
한 떨기 꽃으로 피었다 지고 마는 그대여,
가시 돋은 가녀린 허리 부러질까 두렵소,

답답한 가슴을 알아주기나 하는 듯이
산새 우는 소리에 마음의 심금을 울리고
오월에 봄날 산산한 바람 불어 흔들어 대니
흩어진 황홀한 향기마다 내 임의 향기이더라.

이 영 애

가을의 길목 외 2편

대한문학세계 시 부문 등단
(사)창작문학예술인협의회 회원
대한문인협회 회원
문학 어울림 운영위원
고려대하교 평생교육원 시 창작 과정 수료
고려대학교 평생교육원 명강사 과정 수료
명강사 1급 자격증
펀리더 1급 자격증
인성 지도사 1급 자격증
스피치 지도사 1급 자격증
현재) 화성프라자 사장

가을의 길목

이영애

달빛 별빛도 숨은
어두운 밤
비는 창가를 두드리고
소슬바람은
방안을 기웃거린다

밤새 내리는
빗소리는 구슬픈 선율이 되고
님을 향한
그리움은 방울방울 맺혀
가슴이 촉촉이 젖어 든다

지나가는 소슬바람은
우거진 숲 사이를 맴돌며
잎사귀의 수줍음에
얼굴이 빨개진다

하염없는 비에
가슴 흠뻑 젖은 잎사귀의 떨림은

님을 향한 그리움인가
가을을 향한 애달픔인가

계절의 사랑

이영애

언 땅을 툭 툭 두드린다
설레임은 연둣빛
새싹으로 돋아나
희망의 날개를 펴고
봄바람을 부른다

따가운 햇볕을 머금은
잎새들의 속살거림은
진초록 처녀 잎새가 되어
풍만한 그늘로 여름을 맞는다

어느새 갈바람 불어와
잎새들의 아픔은 울긋불긋
산천초목 곱게 물들이고
화려한 이별 축제를 연다

자신의 분신을
눈물로 떠나보내고
홀로 된 나목은
눈보라에 얼굴을 묻고
시린 바람 견디며
쓸쓸한 겨울을 견딘다.

추억

이영애

먼 길 걸어온 방랑자는
가는 길마다 흔적을 새겨놓고
기억 속에서 흔들리고 있다

내 한 생의 즐거움과 고뇌가
고스란히 묻어난다
먼 길 돌아온 사연들이
새록새록 한 생의 끈이 된다

내 속마음까지 쥐고 간 인연은
악연이 되어 버렸고
하찮게 여겼던 인연이
나를 품어 주었다

지난날을 곱씹으면 감칠맛 나는
맛이 입안에 가득하여
추억을 만들어 낸다.

이영우

정동진에 뜨는 해가 외 2편

아호: 시지야(是知也)
전남 구례 출생
항공과학고등학교 13기 졸업
한국국제대학교 21회 졸업(진주)
공군 원사 전역
문예사조 등단
한국통일문인협회 정회원
통일정책연구원 전문교수
한민족사중앙연구회 지회장
문학 어울림 회원

정동진에 뜨는 해가

이영우

정동진에 뜨는 해가
만리포로 지는구나

현숙하신 울 님들은
논리산성 쌓는구나

숙성 다 된 찹쌀 주는
벽계수가 되었구나.

그리운 봄날에

이영우

하늘은 잿빛에 물들어
님 가시는 길마다
이슬방울 뿌리고

지는 벚꽃 아쉬움에
길가에는 눈꽃으로
연인의 사랑 노래하네

산수유 노랑 꽃잎도
바람에 지니, 남아있는
푸른 옷은 가볍다 하네

오늘 밤 목련화도
하이얀 그리움으로
그대를 위로하리라.

빠가사리

이영우

빠가사리 잡다
가시에 찔려 피 났다

가시 때문일까

맛있는 것은
항상 가시가 있다

두릅도 오가피도
가시 품어야 제맛이고

장미도 가시 품어야
그윽한 향기를 풍기듯

삶에 가시면류관
피 향기가 있는가

가시가 공존해야
정말 맛있는 삶이다.

이 진 수

해 질 녘 외 2편

울산 거주
대한문학세계 시 부문 등단
(사)창작문학예술인협의회 회원
대한문인협회 회원
문학 어울림 회원

해 질 녘

이진수

해 떨어지는 소리
풀벌레
바쁜 발걸음 질

초 저녁 마른하늘
달뜨는 소리
미소 짓는 달맞이꽃

소꿉장난 질에 놀다
밥 먹자 부르는
정겨운 엄마 목소리

따닥따닥 타는 모닥불
솥뚜껑 김빠지는
소 오줌 누는 소리.

단디

이진수

단디는 진심 어린
어머니의 마음입니다

굶주려 배고프게 한
미안한 마음

못 가르쳐 눈물 삼키는
안쓰러운 마음

못 미더워 마음 놓을 수
없어 염려하는 마음

걱정하며 가슴 졸이다
새까맣게 속태우는
애잔한 마음

내 자식 내가 믿는다며
애써 한숨 쉬는 애정이 어린
어머니의 마음

"얘야 단디하거레이"
단디 단디는 내 어머니의
눈물겨운 사랑이었습니다.

비야 비야

이진수

비가 내린다
바다 위에 까만 아스팔트 위에
어제 내가 남긴 어둡고 칙칙한
더러운 발자취 위에

막무가내 솟아 낸 지키기 어려운
악취 나는 수많은 말들 위에
비야 비야 쏟아져라

내 입술 내 발걸음
곱게 씻기어 정화되어
하늘에 계신 울 아버지
걱정 들어 줄
그때까지만 퍼부어라.

이 철 호

세월호 우리 애들아 외 2편

경기대학원 졸업
수기사 군가 작사, 금천구민의 노래 작사
장편소설 『서울의 별』 출간
시집 『노란 고깔모자』 1집, 2집, 출간
희망봉광장 시인문학 동인
사)한국문인협회 금천지부 회원
문학 어울림 회원

세월호 우리 애들아

이철호

세월호 허물어져
결구 배추 절이는
차디찬 짠 물에 떨어지고 마는구나

기쁨에 들떠 손가락 헤어가며
기다리던 수학여행
티 없이 푸른 꿈 청운의 장을 그리던
숨소리마저 가라앉는구나

활활 타오르던 열일곱 꽃나이
다시는 못 올 그 길을 갔구나

깜깜한 뻘 속에 어둠이 무서워
살겠다고 허둥대던 우리 아이들

손 한 번 건네주지 못한
우리 국민 모두의 가슴은
타다 못해 새까만 숯덩이가 되었단다

삐뚤어진 배를 몰던 나쁜 사람들
어린 너희를 두고 혼자만 살겠다고
뱃전에 오르니 짐승의 얼굴이더라

애들아 고운 모습 잊지 않을게
요한복음 14장을 두려운 가슴에
꼬옥 끌어안고 편안히 잠들 거라
사랑한다. 우리 애들아.

태종대

이철호

바다 위 뱃길 따라 우뚝 솟은 곳
산바람 갯내음 맞닿은 곳에
사뿐히 거닐던 발길 멈추네
갈매기 군무, 드높은 창공
바람 가르며 나는데
뱃고동 남겨둔 채
정을 두고 떠나는 배

촘촘히 도열 된 기암 괴석
등대가 보이는 곳 깊은 밀어 나누고
가파른 산길 따라
나지막이 오른 갯바위
구릿빛 곱게 탄
젊은 아낙 손안에 뒹구는 멍게 살은
늦가을 익어가는 주름진 호박 색깔

신선한 바위 사이 사진 몇 장 남기니
날이 저무네
밤바다의 은은한 낭만
파란 별 태종대의 밤하늘
청잣빛 고운 물결 잊힐까 설레는 마음
첫사랑 그리워 다시 찾은 태종대
그리운 얼굴들은 어디 갔을까?

채송화 당신이었나

이철호

이른 아침
갸웃 고개 내민 채송화
바람에 팔랑거리는
허수아비 닮아 공허한 마음
오죽 궁색하면
채송화라 이름하였으랴

아픔의 편린인가
외로운 여자인가
빈한한 가슴속 빈터에
남몰래 숨어있었네

차디찬 당신의 손마디
따뜻하게 어루만져 거두고
백년설 같은 당신 곁에
내 얕은 목숨 다하여 기도하리.

임 세 규

자꾸만 생각이 나는 사람 외 2편

경기 거주
대한문학세계 시 부문 등단
(사)창작문학예술인협의회 회원
대한문인협회 회원
문학 어울림 회원

자꾸만 생각이 나는 사람

임세규

비가 오면 우산 속에서
꼬옥 붙어 걷고 싶은
생각이 나는 사람.

옷 가게 앞에서 어울릴듯한
옷이 눈에 들어오면
생각이 나는 사람.

방금 보고서도 뒤돌아서
얼굴이 아른거려 또
생각이 나는 사람.

사랑을 시작 하고 싶어도
마음속에 두어야만 하는
그런 사람.

돌이킬 수 없는 시간이
한참이나 흐른 뒤에 만난
어긋난 운명 같은 사람.

몇 번을 만나도 말총 묶음
머리만 하는 그런 사람.

자꾸만 생각이 나는 사람.
그녀.

물 말아 밥 한 그릇

임세규

밥맛이 없다
쪼르륵 밥그릇에 물을 말아
숟가락으로 뒤적이면
밥알이 물속으로 잠긴다

입맛이 없다.
스으윽 김장 김치 한 포기를
기다랗게 손으로 찢으면
숟가락 위 밥 한술이 기다린다

아사삭
물 말은 밥에 총각김치도
일품이다

옅은 초록색
물 말은 밥에 간이 밴 깻잎도
일품이다

밥맛 없고 입맛 없는
한 끼 식사
그래도 물 말아 밥 한 그릇
뚝딱 잘 먹는다.

소주 한 잔

임세규

투명한 액체 홀짝 넘긴다

쓰다
어제 마신 소주 한 잔.

알코올의 향기 홀짝 넘긴다

달다
오늘 마신 소주 한 잔

삼촌.
어른들은 맛도 없고 쓰기만 한
소주를 왜 마셔

글쎄
머뭇머뭇
네가 어른이 되면 알겠지

쓰다가 달다가
인생 희로애락
소주 한잔에 담겨 있음을.

167

임 재 화

들국화 연가 외 2편

대한문인협회 대전, 충청지회 감사
문학 어울림 회원

〈수상〉
대한문학세계 신인문학상
한국 문학 공로상
순우리말 글짓기 공모전 장려상 2회 수상
(사)창작문학예술인협의회
　　　　　　 베스트셀러 작가상 2회 수상
한국문학예술인 금상
대한창작문예대학 졸업 작품 경연대회 은상

〈저서〉
1시집 "대숲에서" 출간
2시집 "들국화 연가" 출간

대한문학세계 시 부문 등단
대한창작문예대학 6기 졸업
문예창작지도자 자격 취득
(사)창작문학예술인협의회 회원
대한문인협회 회원
대한문인협회
　　　 저작권옹호위원회 위원장

〈공저〉
현대 시를 대표하는
　 "명인 명시 특선시인선" 5년 연속 공저
대한문인협회 특별 초대 시인
　 시화 작품집 "유화에 시의 영혼을 담다"
제6기 대한창작문예대학
　　　　 졸업 작품집 "동반의 여정"
텃밭문학회 "제 9호 동인지

들국화 연가

임재화

먼 산자락 저만치서
휘하고 달려오는 가을바람이
살며시 나뭇잎 어루만질 때

이제 떠나도 여한이 없는
빛 고운 단풍 잎사귀
서늘한 바람 앞에 몸을 맡기고

하나둘 낙엽 되어서 떨어져
맑게 흐르는 계곡물 벗 삼아
정처 없이 두둥실 떠나갑니다.

저만치서 달려오는
소슬한 가을바람이 살그머니
들국화 꽃을 스쳐 지날 때

차츰 깊어가는 가을날
온 누리에 그윽한
들국화 꽃향기 가득합니다.

대숲에서

임재화

대숲에 바람이 찾아와
변함없는 절개를 시험하고
솔숲에는 청정한 마음이
자리 잡고 있습니다.

하얀 돌 틈 사이로
졸졸 흐르는 시냇물을 바라보며
이마에 흐르는 땀을 식히고 있노라면

어느덧 버거운 삶에 지친 영혼을 추스르고
또다시 힘차게 도전할 수 있는
용기가 샘솟습니다.

언제나 푸른 대숲에는
늘 여유로운 정과 마음이 있고
살랑살랑 부는 바람에
댓가지가 조용히 흔들립니다.

조막만 한 참새들의 보금자리는
언제나 대숲을 정겹게 만들고
늘 푸른 색깔은 이웃한 솔숲과 화합하여
버거운 삶에 지친 마음에도
빙그레 웃음 찾아들게 한답니다.

옥잠화꽃

임재화

한바탕 소나기 지나갈 때면
다소곳이 비를 맞고 있는 모습

너무나 초라해 보이겠지만
비 갠 뒤에 달빛이 비치는 밤

말없이 피어있는 옥잠화 꽃송이
늘 마음 예쁜 선녀처럼 곱다.

백합꽃처럼 순결한 옥잠화꽃
언제나 그대의 작은 가슴속에는
맑은 사랑을 가득 품고 있다.

장금자

바람아 냇물아 외 2편

경기 일산 거주
대한문학세계 시 부문 등단
(사)창작문학예술인협의회 회원
대한문인협회 회원
문학 어울림 회원

바람아 냇물아

장금자

바람아 바람아 쉬어가거라
숨 가빠 더운 입김 내뿜지 말고
춤추는 저 들판을 바라보면서
바람아 나랑 놀다 가거라

흐르는 냇물아 쉬어가거라
땀방울로 산골짜기 적시지 말고
내 님 오시는 길에 잦은 먼지들 잠재우려무나

바람도 흘러가고
냇물도 흘러가는데
가슴속 사랑이 멈춰져 있는 것을

누구 탓하겠는가
많이도 흘러온 세월인데
아쉬운 내 인생아

슬픈 인생살이
하늘은 울고 땅은 젖어 들며
황혼을 위로한다.

그리움 한 자락

장금자

해 질 녘
울컥하는 그리움 스며드니
붉은 노을 사랑 품는다

가슴 터질듯한 보고픈 사랑 애달파
저미는 가슴 부여안고
손등으로 눈물 닦고 닦아도

서럽고 시린 이 가슴 가눌 길 없고
숨이 멎을 것 같은 심장
풍랑처럼 일렁이는 울부짖음 어찌하리

이 한 몸 가루가 되어 바람에 훨훨 날아가
님의 품에 안겨 나 봤으면 좋으련만

아!
티끌만이라도
그대 곁에 가고 싶다.

가련한 여인아

장금자

녹음방초 우거진 지평선 저 너머
외롭게 서 있는 저 여인
누구를 하염없이 기다리나

등 뒤로 길게 늘어선 그림자
너무 외롭고 애처로워 보이누나

한 生을 어찌 살았기에
어깨를 저토록 들먹이며 울고 서 있는가

외로운 슬픈 여인을 바라보는
내 가슴도 이리 아파지는데

너는 어찌할 것이며
또 남은 生 어찌 살아가려는지

이 밤이 지나고 나면
여명과 함께 밝은 날이 올 거야

너의 삶도.

전 선 희

무제 외 2편

대한문학세계 시 부문 등단
(사)창작문학예술인협의회 회원
대한문인협회 회원
문학 어울림 회원
금주의 시 선정 (한여름날의 오후)
대한시낭송가협회 (낭송시 선정)
　　　나에게 주어진 하루

〈공저〉
대한문인협회 경기지회 동인시집
　　　"햇살 드는 창"
텃밭 문학회 9호 집
대한창작문예대학
　　제7기 졸업작품집 "비포장길"

대한창작문예대학 졸업작품
　　　경연대회 은상 수상

무제

전선희

푸른 동산에
금빛 새 날아오르고
무지갯빛 꽃밭에
나비가 날아든다

살아있어
가슴 벅찬 시간은
삶의 노래가 되어
산을 만들고 강을 만든다

생애 어느 날
가장 쓸쓸한 시간이 온다면
누가 내 곁에 있어 줄 것인가
나는 누구의 이름을
마지막으로 부를 것인가

오늘도
해가 지고 바람이 분다.

그대의 향기

전선희

싱그러운 신록이 미소 짓고
푸름이 윤슬처럼 반짝 빛날 때
세상은 온통 그대의 향기로 가득합니다

초록의 숲을 휩싸고 도는 향기
눈 감고 가만히 들숨과 날숨으로 음미하면
옛 시절 꿈길을 손잡고 거니는 듯합니다

그리움은 새록새록 하고
내 가슴속 뜨락에 사뿐히 내려앉아
초여름의 싱그러운 상념에 젖어 듭니다

꽃처럼 진 젊은 날의 사랑은
떠나는 꽃들의 속살거림 속에
그대의 향기가 되어 코끝을 맴돕니다.

연서

전선희

당신은 나에게 일어난 최고의 기적
지금까지 연주한 최고의 노래
지금까지 그려진 최고의 그림과 같습니다

내가 당신에 대해 어떻게 생각하는지
표현할 단어가 세상에는 없어
끊임없이 그 말을 찾고 있지만
그 모두는 내가 진정으로 느끼는 것보다
작아 보입니다

당신은 내 생명 내 마음
내 영혼 내 진정한 사랑이지만
마음에 드는 사랑의 연서
그 말을 찾을 때까지
영원히 나와 함께 할
내 운명입니다.

정종복

쌀밥의 외침 외 2편

대한문학세계 시 부문 등단
(사)창작문학예술인협의회 회원
대한문인협회 회원
문학 어울림 회원

쌀밥의 외침

정종복

하나로도 외롭지 않은데
혼자라도 뒤지지 않는데

왜, 자꾸만
온갖 잡곡을 섞나요
저는 싫습니다

하얗게 순수하게 살고 싶고
세파에 물들기 싫습니다
도와주시려거든
생선이나 산나물 들나물에
도와주라 시지요

발가벗긴 몸으로
그냥, 쌀밥이고 싶을 뿐
섞이기도 싫고
비벼지기도 싫습니다

혼자 깨끗이 씻긴 밥그릇에
소박하게 담기고 싶고.

선인장

정종복

가슴 깊이 박히도록
온 힘 다해 안아보자
그 아픔이 곧 사랑이리니

아무리 날카로워도
진정으로 사랑한다면
그 아픔도 이겨내리니

찔러도 절대 부러지지 않는
찔려도 피 한 방울 나지 않는
그토록 아픈 사랑이라야

사랑한다, 사랑했다
말할 수 있지 않을까?
많이 아파야 사랑이다.

두루마리 휴지

정종복

말려진 너의 속은
내 어찌 알 수 있으랴만
너무 깊은사랑 하지 말라고
정지선을 그어 놓은
그 점선

어디까지 풀어야 할지
고민이 곧 작은 사랑이다

은은한 분향 풍기며
살포시 안겨드는
너의 포근함이 좋고

순수하고 부드러움에 젖어
늘 부담 없이 느긋하게
너의 가슴을 풀어헤친다

오래된 숟가락에 얹혀
당신 속을 파고들고 싶고

단, 하루만이라도
당신의 당신이고 싶을 뿐입니다.

정 태 중

오늘 말이여 외 2편

전남 함평 출생
경기도 시흥시 거주
2006년 대한문학세계 시 부문 등단
(사)창작문학예술인협의회 회원
대한문인협회 회원
문학 어울림 회원

명인명시 특선시인선 선정
　(2006,2009,2015,2016,2017)
2015 대한창작문예대학 졸업
문예창작 지도자 자격 취득

〈저서〉
시집 "이방인의 사계 그리고 사랑"

〈공저〉
우리들의 여백
유화에 시의 영혼을 담다
햇살 드는 창
문학애 가을호

오늘 말이여

정태중

그랗께 말이여
그라고 피난길 왔는디
어쩌다가 임진강 철조망이라도 볼라치면
가시가 가슴팍을 찌르는디
놓쳐버린 어린 손이 아직도 잊히지 않는당께
그때 한강을 넘을 적에
허리끈이라도 있었으믄
동동 메서라도 건넜을 것인디
인자 돌아오지도 못할 영혼을 안고
망향가 부르면 뭣 한당가
이녘도 북녘도 아닌 임진강에 서 봐야
철새만 간간이 날아들고
붉은 노을은 포화처럼 흘러 가불더라고
그래도 꼭 한 번 거기를 밟고 싶은디
으짜든지 생전에 갈 수 있을랑가 몰겄어
어린것들이 눈에 밟혀서 말이여.

마량, 그곳에

정태중

한사코 뿌리치는 마음
에둘러 새벽 기차에 태우고
목포역까지 가자

일찍이 해 뜨는 동쪽 바다를 흠모하다가
비 쏟아지는 한계령 구릉을 넘지 못하고
낙조 드리운 서해 이름 없는 섬을 흠모하다가
붉은 갈매기 날개를 펴지 못했다

그러므로 강진만 출렁이는 금 물결 따라
마량까지 걷다가 걷다가
그리움 툴툴 털어내지 못하였거든
대구면 수동리까지 걸어가자

남쪽 바다로 가서
두륜산과 눈높이가 닿는 수동까지 걷고
흠모했던 것들 모두 흘려보낸 후
마량포구 늙은 한 척의 배로 잠기어도 좋겠다.

당신의 가슴에 강물이 흐르면

정태중

당신
가슴에
보드라운 강물이 흐르면
나
강물에 몸을 던져
물살의 온유함 받아 내리

아!
보드라운 살결같이
저 강물이 내 안에 차오르면
발그레 물든 강기슭,
낡은 스카이라운지에서
한 잔의 사랑을 마시리

교회 종탑 그 뾰족한 등불이
푸른 밤에 심장을 두드리면
창문을 닫고
커튼을 치고
두 눈을 감고
숨결 고운 강 속으로 마냥 흐르리.

조 영 애

사랑의 정점 외 2편

충남 공주시 거주
아호: 정담(情談)
대한문학세계 시 부문 등단
(사)창작문학예술인협의회 회원
대한문인협회 회원
대한문인협회 대전충청지회 정회원
(시와 글)텃밭 문학회 회원
문학 어울림 운영위원

사랑의 정점

조영애

살아가는 동안
데일 만큼의 뜨거운 사랑이
아닐지라도

가슴으로 새겨진 추억이
세월 안에 흘러 그리움 되어
사라진다 해도

텅 빈 마음을 채워 줄 수 있는
오랜 친구와도 같은
진정 아름다운 사랑으로

서로 손 마주 잡고
어깨에 기댄 채 보듬어 주며
세월이 무뎌질 때까지 사랑이기에

그래서 나는
사랑의 꽃을 피우기 위해
그 향기에 아낌없이
우리의 사랑 키워나가고 싶습니다

먼 훗날 후회 없이
사랑 속에서 행복하였다고
말할 수 있게.

잉크처럼 번지며

조영애

열린 창 사이로
달콤한 바람이 밀려오니
어여쁜 꽃에 반하고 향기에 취하네

그대에게 가는 향기는
빛보다 더 빠른 속도로 달려가는
내 마음을 보았는지

그 빛 속에
지극히 낭만적인
이야기가 꿈틀거리며
창가로 몰려들어와 앉았네

그대는 운명처럼
하나의 빛으로 다가와
잉크도 아니면서
내 안 가득 사랑으로 번졌으니
이젠 막을 겨를이 없구나

확 스며들어 번진 만큼이나
그대와 나 사이에 사랑이 흐른다.

아파하지 마!

조영애

힘들거든
잠시 기대어 쉬어
작지만
내 어깨 너에게 빌려줄게

그러니 편히 기대
너만 힘든 거 아니야
다들 그렇게 살아
탈탈 털고 일어서면 되니까

지치지 말고 기대어
잠시만 쉬어가도 괜찮아
펑펑 울어도 괜찮아
쏟아 내고 나면 후련하잖아

나도 눈물도 많고
힘들면 기대고 싶고 그래
많은 걸 바라는 건 아니잖아
울면 안아주면 되는 거고

서로 이야기 들어주면서
더 사랑해주면 되는 거잖아
아픈 만큼 성숙하니까.

주응규

자목련(紫木蓮) 외 2편

대한문학세계 시, 수필 부문 등단
한맥문학 시 부문 등단
(사)창작문학예술인협의회 이사
대한문인협회 사무처장
한국문인협회 회원
텃밭문학 사무국장
계간문학 중앙위원
문학 어울림 회장

〈수상〉
2011년 대한문학세계 올해의 시인상
2011년 시와 수상문학 시 부문 특별상
2012년 대한문인협회, 국회사무처,
    MBC문화방송 주관 전국시인대회 은상
2012년 한국문학정신
            독도 시 경연대회 우수상
2012년 창작문학예술인협의회
            한국문학예술인 대상
2013년 대한문인협회 주관
            한국문학최우수 작품상 수상
2014년 문학세대 전국문학창작 공모대회
            인천광역시장 상 수상
2015년 자유문학 전국문학창작 공모대회
            전라남도지사 상 수상
2015년 한국문학 베스트셀러 작가상
2016년 제4회 윤봉길 문학상 대상
〈저서〉
1시집 "人生은 詩가 되어 흐른다" 출간
2시집 "삶이 흐르는 여울목" 출간
3시집 "시간 위를 걷다" 출간
수필집 "햇살이 머무는 뜨락" 출간
기타공저: 현대 시를 대표하는
    〈명인명시 특선시인선2011~2017〉 외,
여러 문인협회, 문학회, 신문 등, 동인지 다수
〈가곡〉
한국작사가협회 회원
망양정 음반 출시 외, 가곡 20여곡 작시 발표

자목련(紫木蓮)

주응규

그리움이 파문(波紋)을 그려
태양에 닿은 숨결이
호롱불같이 타오르누나

님 향해 흔들리다가
차오른 눈물 위로
봄 햇살이 내리던 날

바람불어 흔들어 놓은 틈새로
한 많은 여인의 심사(心思)
발갛게 번져나

그대의 봄날을 밝혀놓고
초록 물결 속으로
덧없이 사라지누나.

사랑하는 그대

주웅규

그대는 나만 들을 수 있는
세레나데를 부릅니다

내 사랑의 시선에는
그대만 보입니다

내 행복의 뜨락에는
그대가 머뭅니다

내 그리움의 끝에는
그대가 있습니다

불어오는 한 줄기 바람에도
안부를 물어오고
해와 같이 달과 같이
한결같은 그대

내 주린 사랑을 채워줄
그대 사랑합니다.

제비꽃

주웅규

겨우내 두른 누더기 벗고
얼음이 풀린 냇물에
멱감은 해가
풀빛 싱싱한 미소를
풀어놓는다

해마다 이맘때쯤이면
볕바른 냇가에
얼굴 내비치던
남보라 꽃댕기 땋은
해맑은 애송이는
올해도 고개 내밀어
웃고 있다

나 어릴 적 짝사랑하던
보랏빛 원피스 차려입은
앙증맞은 계집애
닮은 제비꽃.

최 경 희

가을의 길목 외 2편

2017 대한문학세계 시 부문 등단
(사)창작문학예술인협의회 회원
대한문인협회 회원
텃밭문학회 회원
문학 어울림 운영위원

가을의 길목

최경희

계절의 변화
짧은 시간 여행
뜨거운 태양 아래
정열이 춤추고

소나기처럼
내리는 땀방울에
삶의 희열을
만끽하며 낭만을 태운다

지친 여름을 배웅하는
가을바람은 신선하고
녹음이 짙은
산자락에 울리는
풀벌레 소리는
환희 찬 생명을 노래한다

단풍 든
가을의 정취에
취하는 꿈을 꾼다.

당신을 위한 기원

최경희

화사한 화분 하나
당신의 창가에 두고
재스민 향초로
방 안을 가득 채우렵니다

만 리밖에 있는 복도
당신을 향해 모여들고
복덩이가 되어
훤히 빛나기를 고대하며

어둠이 짙은 밤
곁을 지키는 달빛이 되어
행복의 나래를
맘껏 펼치는 당신을 그려봅니다

오늘도 기원합니다
당신의 건강과 행복을
세상에 최고로
행복한 사람이 당신이기를

우주여행

최경희

밝아오는 새벽녘
촉촉한 이슬비로 여는
감미로운 멜로디

베란다에 맺힌 빗방울
반짝반짝 영롱하고

종알종알 귓가에 속삭임
상쾌한 싱그러움

설렘으로 우주를 여행하는
감사한 날들
행복한 인생.

최승영

가을은 내 탓 외 2편

1960년생 서울 태생
(현) 현진 세무사무실 근무
대한문학세계 시 부문 등단
(사)창작문학예술인협의회 회원
대한문인협회 회원
문학 어울림 운영위원

가을은 내 탓

최승영

아! 가을
가을은 내 탓이다

쓰다 말고 두었을 일기장(日記帳)
아련한 기억의 타래를
만지작거린다

낙엽의 채이며 돌아선 가을
가던 길 서러웠을까?

덧없이 흘러간 시간이
미웠을까?

그저, 먼 곳을 바라본 채
가슴에 흐르는 한줄기
미련조차 가눌 수 없어
그냥 잊어 보고자 한숨만 쉰다

오늘은 밤새 눈물이 나더라도
그대가 그립더라도
모두 내 탓이다.

연륜(年輪)

최승영

잔잔히 일렁이는 저 노을은
고독을 잉태하는
미로(迷路)이나니

밤은 말없이
스며드는 파고(派高)
어두워라!

가랑잎처럼 흩어진 날이다

하얀 청춘을 맞이하는
아침이고 보면 돌이킬 수 없는
생활의 한 페이지에
나는 또 허공을 친다

나와 너의 시간을 만드는
연륜 한 아름 흐르고
상념의 외로움을
생활의 주머니 속에
넣어 보거니

이 가을 가랑잎처럼 흩어져 버린
나의 음률을 노래하리라.

퇴근길

최승영

가로등 하나둘 은빛 날개 펄럭이며
퇴근길 나를 도열(堵列)하는 밤이다

한낮 풀잎마다 밀회(密會)를
즐겼던 바람도 어김없이 이별하고 와 선
나를 온몸으로 반기는 밤이기도 하다

어둡진 않지만 아직도
추운 늙은 청춘(靑春)은
현관에 들어설 때마다
아내가 없다

오늘도 보잘것없는 식탁에 앉자
고추장에 청고추 하나를
찍어 삼킨다.

최예은

가을을 잉태하는 여름 외 2편

울산 거주
대한문학세계 시 부문 등단
(사)창작문학예술인협의회 회원
대한문인협회 회원
문학 어울림 운영위원

가을을 잉태하는 여름

최예은

뜨거운 심장 속을 태우고
식지 않는 불면의 바다
시름시름 앓던 푸른 대지

열대야를 삭혀내는 여름밤
온 산천지가 해산을 앞두고
지나가는 바람도 깃을 접고 숨죽이며
하늘도 드높게 열린다

찬란한 생명의 몸부림은
세월의 발자국을 밀어내고
천상의 신명들이 내려와
푸른 산천마다 금줄을 주렁주렁 매단다.

가을 석류

최예은

뜨거운 가슴 안고 활활 타오르는
완숙한 그녀의 아름다움은
만삭의 몸으로 붉은 눈물 적시며
순결한 힘 있는 젖줄의 울림

속살 틀어지는 해산의 고통으로 차오르는
빼곡히 고개 내밀며 인사하는 붉은 핏덩이들
모태 속에서 한 줄기 빛으로
잉태하며 피어나는 생명의 꽃

수정 유리알을 닮은 청초한 그녀의 모습은
가을의 가슴에 식지 않은
오롯한 루비보석들을 탄생시켰다.

가을 편지

최예은

깊고도 깊은 따스한
가을바람이 붑니다
청명한 파아란 하늘은
드높이 푸르디푸르고
가을 햇살은 유난히 눈 부십니다

아름답게 수놓은 붉은 홍엽이
우수수 흩날릴 때면
그대에게 길고 긴 외로움
애틋한 고운 마음
예쁜 꽃 편지 위에
그리움 총총 눌러
담아내어 띄워 보내봅니다

달콤한 가을 향기를 품은
내 가슴속에서
오롯이 화사하게 피어나는
향기로운 그대 이름은
가을꽃 당신입니다

가을을 닮은 당신을 사랑합니다.

현종성

구둣방 아저씨 외 2편

충북대 철학과 졸
대한문학세계 시 부문 등단
(사)창작문학예술인협의회 회원
대한문인협회 회원
문학 어울림 운영위원

구둣방 아저씨

현종성

구둣방 아저씨 이틀째 나오지 않는다
똥 누러 간 건지
오줌 누다 요강에 빠져 죽은 건지
나, 밑창 뜯긴 구두를 들고 하염없이 서성인다

다음날도 그다음 날도 구둣방 아저씨 보이지 않는다
다음날도, 다음날도, 밑창 뜯긴 구두 한 켤레 들고
구둣방 앞을 하염없이 서성인다

무슨 영욕이 남아서 이다지도 서러울까
구둣방 아저씨의 저력만 무심히
구둣방 아저씨의 뚝심만 무심히
독감처럼 저 쓸쓸한 거리에 콜록거린다

그의 왕국은 세평 남짓
보료도 없는 나무 의자에 앉아 30년 곤룡포 무색하게
이제는 세월 따라 바람 따라 독감이 되어간 구둣방 왕좌
그걸 30년 왕조라 뉘 일컬을 것인가

나는 밑창 뜯긴 구두 한 켤레 들고
할례 치른 시종처럼 머리 조아리며
어제도 오늘도, 내일마저도 서러운 왕조 기다릴 터다.

꽃의 서사

현종성

도통 알 수 없는 비극 감추고 피어나는 꽃
어쩌면 희극의 진주 알을 꿰어 만든
사차원의 빚쟁일지도
꽃잎은 제 옆의 친구에게 아무렇잖게 손 흔든다

헤이 프렌드!
제 삶의 여울이 떠내려간다는 사실을
세상에 속삭여준다

세상을 몹시 떠들썩하게 사는 존재들의
비극엔 아랑곳하지 않고
제 여울이 얼마나 한량없는지
얼마나 속절없는지조차,
그것이 얼마나 감춰진 삶 유린했는지
세상을 떠들썩하게 사는 존재들에 비극
속삭여주기를
바람이 지나가며 머리 쓰다듬어준다

괜찮아 괜찮아
스러지면 모두가 침묵의 춤 추느라 정신없을 걸
그때야 너는 여신이 되어라
삶의 비극도 희극도 한낱
침묵에 가리어진 꽃이었음을.

추억에 날개 다는 법

현종성

창창한 시간은 어느 숨바꼭질에 정신없고
돌아오지 않는 메아리만 골목길 서성인다
추억의 책갈피 낱낱이 새겨 서가에 걸쳐두고
우리에 추억 장식해준 친우들과 첫사랑과 그들에게
침 발라 우편엽서 솔솔 띄우리라

돌아올 수 없는 것들 동봉해 박제시키고
친우들과 첫사랑과 그들에게
침 발라 우표 하나 붙이고
그리움 꼭꼭 여며 동봉하고
몇 년쯤 삭이고 삭여 그리움에 침 발라둘 즈음
친우와 첫사랑과 그들 불러 모아
나직한 카페에서 침 바른 그리움 한 장씩
나눠주리라

친우들은 그리움에 취해 돌아가고
첫사랑, 서러움에 겨워 빈 술잔에 얼굴 묻고
그들은, 바람 부는 저곳에서 거저 쩔렁거릴 뿐.

홍찬선

비망록 외 2편

刃心 洪讚善(인심 홍찬선)
1963년(호적은 1966년)
충남 아산시 陰峰면 뫼골 출생
월랑초, 음봉중, 천안고,
　　　서울대 경제학과, 서강대 MBA 졸업
『시세계』 2016년 가을호 시 부문,
　　　　　겨울호 시조부문 신인상 수상
『한국시조문학』 제10호
　　　　　　신인상 수상(2016년)
첫 시집 『틈』(2016. 11)
첫 시조시집 『결』(2017. 4) 출판
동인 시집 독도 플래시 몹』(2016. 11) 참여
한국경제신문 동아일보 기자
머니투데이 북경특파원, 편집국장, 상무 역임
현 문학세계문인회 정회원
한국시조문학진흥회 부이사장
한국독도문인협회 공동대표
동국대학교 정치학과 박사과정 재학 중
문학 어울림 회원

비망록

홍찬선

모든 것 내려놓고
물 거울 마주한 맘

오로지 있는 것만
가감승제 거짓 없이

스스로 돌아보는 길
톡톡 튀는 부끄럼
나에게 일어난 일
스스로 만든 사연

세월에 약 없듯이
꼬박꼬박 적은 메모

하늘로 소풍 가는 날
풀어놓는
인생 史.

반가사유상, 반하다

홍찬선

그대는 하늘서 내려온 선녀일까
조각 공 마음 뺏은 연인일까
바람에 흘러온 마음결일까

오뚝 솟은 코 지그시 감은 눈
살포시 다문 입술
빙그레 자아내는 염화미소

삶의 무게 苦海의 깊이 느낀 듯
살짝 숙인 고개
군살 하나 없이 쭉 빠진 개미허리
仁德體智 한데 어울려 우러나온
사뿐한 미소
보는 각도에 따라 보는 사람에 따라
보는 처지에 따라 千變萬化하는 모습

해와 달 수수히 꾸민 日月飾寶冠 쓰고
가을 바람결에 문득 다가온
그대는 조각 공의 영원한 연인
중생 구하려는 선녀다.

214

다섯 번 이사 다섯 번 사직

홍찬선

문 나가고 들어온 틈
문 나서야 다다르고
城과 담쌓으면
틈과 결 죽는다

버림과 얻음, 비움과 채움
떠남과 돌아옴 자발과 피동

새로움은 떨림이다
눈곱만큼 두려움과
손톱만큼 설렘
엇갈리는 삶

다섯 번 이사 다섯 번 사직
다섯 번의 떨림
어우러져 생명 싹트고
인생 살쪘다
어른은 누구나 어린이였고
그걸 깨닫는 어른 드물다.

황 규 헌

낙조 외 2편

충청남도 서천 출생
1992 제 1시집 "외로움초상"으로 등단
2015 제 2시집 "산 그림자" 출간
2017 제 3시집 "마애불에 올라" 출간
한국 문학정신 문인협회 회원
시와 늪 문인협회 회원
시와 글벗 회원
문학 어울림 회원
들뫼 문학 동인
전) 새슬원 대표
현) 경기 파주 용암사 법사 (조계종)
현) 민족 민중 문학을 향한 빛 (연구) 리더

낙조

황규헌

수정처럼 맑아지는 마음에
내 얼굴 비추는 것은
연잎에 엉긴 물방울처럼
바람에 흔들려
지워지지 않는 삶의 흔적이기에
아름다움으로 채울 수 없었던
아쉬움으로 물결쳐 가는 시간

언제 그랬냐는 듯이
해는 뜨고 지는데
맑은 정신으로
거울을 닦아내며
쉽게 버린 진주 알 하나
에메랄드빛 백지 위에
쓰러져간 꿈들 적어보며
안개처럼 멈춰버린 이상
고요히 품에 안아본다

되돌아온 엽서처럼 흔들리는 마음
저 멀리 머물러 있는 인연에
아쉬운 눈물 붉게 물들이며
가고 싶은 먼 길이여
모닥불로 뜨거워지는
황혼의 그림자
물결 위에 젖어 흔들려간다.

아름다운 동행

황규헌

저를 쓸지 말고 밟으며 걸어가 봐요
겹겹이 쌓인 저를 밟으며 지난 일을 회상해봐요
휘파람을 불어보아요
나의 눈물이 마를 때까지 흐르는 세월에 속지 말고
삶이 연소하여 흐른다 생각해봐요

사랑의 불꽃 석양에 물들 때까지 물처럼 흐르며
구름처럼 자유롭고 바람처럼 걸어가 봐요

푸른 하늘과 서늘한 바람 이슬처럼 젖어오는
외로움 고독 마음의 손 잡고 걸으며
말은 하지 말아요
저 하늘에 숨겨진 상념과 잊힌
좋은 인연도 생각해봐요
서로의 가슴으로 낙엽이 되어요.

눈물도 한숨도 모두 저처럼 떨구어 봐요
변하지 않는 것에서 변해봐요
용서하고 사랑하며 저의 빛깔처럼
가슴도 곱게 물들여봐요

사랑이 사랑인 것은 힘든 것을 쓸어안고
안된다는 생각을 가능하게 창조하는 것
쓸쓸함이 밀려오면 허전한 마음 나무에 걸어놓고
저를 쓸지 말고 밟으며 걸어가 봐요.

첫서리

황규헌

떠나야 할 때를 알고
울긋불긋 단풍잎에 차가워진 눈물
하얀 미소 고여 있었네

언제나 그랬듯이
생의 여정에 아롱지는 이별의 빛들
이른 아침 그리운 첫정의 여심이여

차갑게 피어난 사랑 순결한 미소 받아들인
나무의 속옷 벗는 소리

흐르는 물결 따라 스쳐 가는 세월
오가는 자연의 섭리 속에
물드는 투명한 빛들
가을의 능선 넘어
단풍은 붉은 노을 같구나

창문 열어 모든 것 수용하고
몸겨눕는 외로움이여
하늘과 땅은 침묵 속에
하얀 안개로 멀어지고 있었네.

황유성

금은화의 사랑 외 2편

대한문학세계 시 부문 등단
(사)창작문학예술인협의회 회원
대한문인협회 회원
대한문인협회 서울인천지회 회원
대한문인협회 서울인천지회 사무국장
텃밭문학회 운영이사
한국작사가협회 회원
문학 어울림 감사
(주)유성 대표이사

〈수상〉
2016년 7월 금주의 시 선정
2016년 9월 순우리말 글짓기 공모전 동상
2016년 11월
　　현대시를 대표하는 명인명시 특선시인선
2016년 12월 대한문인협회 올해의 시인상

〈공저〉
명인명시 특선시인선
텃밭 9호

금은화의 사랑

황유성

운명처럼 찾아온 사랑의
질긴 밧줄에 묶이어
둘이 한 몸이 되었다

여자이면서
여자의 길을 걷지 못하는
모순적 사랑이여

설한풍을 뚫고 병든 반쪽에게
피 같은 사랑으로 자양분을 공급하며
꽃피워내기까지
제 몸 상한 줄을 몰랐구나

얼마나 고통을 견뎌내야 봄이 올까
한 서린 깊은 숨
헌신하고 인내했던 세월만큼이나
곱게 핀 금은화여

사랑은 아파도 아름답고
사랑은 무거워도 아름다운 짐
사랑으로 피었다가
사랑으로 질지어다.

겨울 호수

황유성

늘 걷던 공원의 호수가
꽁꽁 얼어
영상의 기온 속에서도
조금도 풀릴 줄을 모릅니다

가끔씩 비추는
얕은 겨울 햇살에도
호수는 스스로를 다독여
애써 해동하려 하지만

어김없이 혹한의 바람이 불어와
아픔을 주니
쌓이고 쌓인 아픔이
하얗게 언 얼음판의 두께가 되고

이제는 따사로운 햇살마저 두려워
두꺼운 얼음판 밑으로 숨어버린 심장
봄은 멀게만 느껴지고
현실은 언제나 춥기만 해

지금 호수는
꽁꽁 언 마음을 녹여줄 수 있는
따뜻한 배려심과
사려 깊은 사랑이 필요한가 봅니다.

문학 어울림

황유성

오색 빛 시의 선율을 타고
시 마을을 여행한다
만나는 벗마다 글로써 교통하니
어느 벗인들 반갑지 않겠는가

자신의 풍부한 경험을 통해
잘 조율된 언어로 다양한 화음을 내며
하나의 소리를 만들어 감은
오호 인생의 더없는 기쁨이어라

풍류를 즐길 줄 아는 시객의 삶은
생(生)하면 지상천국이요
사(死)하면 천상천국이라

벼루에 세월을 부어 먹을 가는 묵객의
주름진 손에 황혼이 깃들어도
본질은 종자생존자
우주 삼라만상에 낙 아닌 것이 없구나!

223

문학 어울림 동인 시집

어울림

초판 1쇄 : 2017년 11월 10일

지 은 이 : 주응규 외 50인

　　　권금주 김도영 김선목 김세홍 김옥빈 김인선 김재덕 김재진
　　　김진희 김철민 김철수 남민우 도지현 박성수 박정기 박정재
　　　박종태 박혜숙 변봉희 서대범 선지현 손경훈 송향수 심경숙
　　　안경숙 유미영 이고은 이도연 이명희 이범희 이시중 이영애
　　　이영우 이진수 이철호 임세규 임재화 장금자 전선희 정종복
　　　정태중 조영애 최경희 최상근 최승영 최예은 현종성 홍찬선
　　　황규헌 황유성

엮 은 이 : 김락호

표지 그림, 삽화 : 윤은정 화가

캘리그라피스트 : 조성숙

디자인 편집 : 이은희

기 획 : 시음사

인 쇄 : 청룡

연 락 처 : 1899-1341

홈페이지 주소 : www.poemmusic.net

E-Mail : poemarts@hanmail.net

정가 : 15,000원

ISBN : 979-11-86373-94-1